마도신화전기

Myth of Magic power

동은 퓨전 판타지 소설

FUSION FANTASTIC STORY

마도신화전기 10

동은 퓨전 판타지 소설

초판 1쇄 찍은 날 § 2015년 8월 13일
초판 1쇄 펴낸 날 § 2015년 8월 20일

지은이 § 동은
펴낸이 § 서경석

편집책임 § 이재림

펴낸곳 § 도서출판 청어람
등록번호 § 제387-1999-000006호
등록일자 § 1999. 5. 31
어람번호 § 제1-2198호

주소 § 경기도 부천시 원미구 부일로 483번길 40 서경B/D 3F (우) 420-822
전화 § 032-656-4452 팩스 § 032-656-4453
http://www.chungeoram.com
E-mail § chungeorambook@daum.net

ISBN 979-11-04-90363-2 04810
ISBN 979-11-04-90039-6 (세트)

마도신화전기

10

동은 퓨전 판타지 소설

FUSION FANTASTIC STORY

Myth of Magic Power

마도신화전기

Myth of Magic power

CONTENTS

Chapter 1. 좀비 거리에서

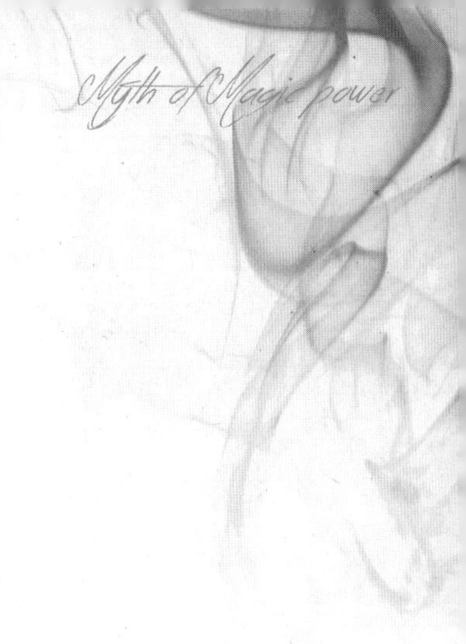

곤과 카시어스, 데몬고르곤은 좀비 거리라고 알려진 슬럼가로 들어왔다. 이곳이 슬럼가라는 것은 한눈에 알아볼 수가 있었다.

이토록 어두운 분위기는 곤이 아는 한 그곳과 비슷했다.

일본군의 의해서 끌려간 강제수용소. 그곳은 오로지 죽음만이 지배하는, 삶의 희망이라고는 눈곱만큼도 없는 곳이었다. 곤은 혜인의 약을 구하기 위해서 목숨을 걸고 그곳에서 탈출했다.

훗날 약초를 구해 마을로 돌아갔을 때, 강제수용소에서 돌아온 마을 사람은 한 명도 없었다. 들리는 소문으로는 태평양 어느 섬으로 끌려가 강제 노역을 한다는 것. 마을 사람들은 그들이 돌아오기를 빌었지만, 그러지 못할 가능성이 높다는 것을 어렴풋이 알고 있었다.

오직 절망과 죽음만이 존재하고 희망은 없는 그런 강제수용소와 이곳은 쌍둥이처럼 닮아 있었다.

"우와, 저 사람들 좀 봐. 눈동자에 생기가 없어. 정말로 죽은 사람들 같잖아."

카시어스는 길거리를 걸으며 신기하다는 듯이 연신 감탄사를 내뱉었다.

그녀는 어둠의 귀족이다. 그것도 최상위 계층의 진뱀파이어.

그녀의 입장에서 좀비, 언데드란 친근한 존재였지, 혐오스러운 것들이 아니었다. 물론 곤은 그렇지 않지만.

"크흠."

곤은 눈살을 찌푸렸다. 사방에서 악취가 진동을 했다. 길거리 한구석에는 대소변으로 가득했고, 마을 한쪽 구석으로는 하수구에서 썩은 물이 흘러내려 갔다.

하수구 안에는 시체들이 둥둥 떠다녔고, 강아지만 한 크기의 쥐들이 시체들을 뜯어 먹고 있었다.

"최악이군. 이런 곳이 있을 것이라고는 상상도 하지 못했어."

좀비 거리는 어지간해서는 표정의 변화가 없는 데몬고르

곤도 얼굴을 찡그릴 정도였다.

카시어스는 좀비 거리라는 곳이 흥미로울지 모르지만, 데몬고르곤의 입장에서는 곤욕스러웠다. 그는 본래 깔끔한 것을 좋아한다. 하루에 한 번 목욕을 하지 않으면 입안에 가시가 돋을 정도였다.

그에게 있어서 좀비 거리는 기분을 무척이나 상하게 했다.

"그런데 이곳에는 왜 온 거야?"

신이 나서 주위를 둘러보던 카시어스가 고개를 돌려 곤을 바라보며 물었다.

"그러게. 내가 여길 왜 왔을까……."

곤도 그 사실을 알고 싶었다. 그에게는 시간이 없었다. 지금 이 시간에도 헤즐러와 헬리온 백작의 영지에서 수많은 사람들이 죽어가고 있을 터였다.

시간은 없지만 실수는 용납되지 않는다. 수많은 사람들의 목숨을 곤이 짊어지고 있다고 해도 과언이 아니었다.

그럼에도 곤이 이곳으로 온 이유는……. 이곳이 낯설지 않게 느껴졌기 때문이었다.

꿈에서라도 본 것처럼.

언젠가 이 거리를 걸었던 것처럼.

도무지 이해할 수가 없는 감정이었다.

그렇기에 곤은 그 이유를 알고 싶었다.

곤은 주위를 돌아보았다. 좀비 거리는 상당히 넓고 거대했다.

하수구를 중심으로 수많은 판잣집들이 다닥다닥 붙어 있었다. 판잣집들은 높은 언덕으로 계속해서 이어졌다. 도로는 너무 좁아서 두 명 이상 한 번에 지나치지 못할 것 같았다.

결정적으로 판잣집들이 붙어 있는 골목길로 섣불리 들어설 수가 없었다.

미로보다 더욱 복잡했다. 하늘을 날지 않는 이상 빠져나오기도 어려워 보였다.

"어디로 갈 거야?"

카시어스는 무엇이 그렇게 즐거운지 생글생글 웃으며 곤에게 물었다.

곤은 잠시 머뭇거렸다. 무작정 좀비 거리를 향해서 오기는 했지만, 어디로 가야 할지, 무엇을 해야 할지 감이 잡히지 않았다.

주위를 돌아보던 곤은 언덕 위를 쳐다보았다. 언덕 위에는 금방이라도 쓰러질 것만 같은 낡은 판잣집이 우두커니 세상을 내려다보고 있었다.

"저쪽으로."

"저기?"

카시어스는 곤이 바라본 판잣집을 가리켰다. 곤은 고개를 끄덕였다.

"딱 봐도 위험천만해 보이는구만. 좋아, 어쨌든 가자."

보통 사람들은 엄두도 내지 못할 것이다.

그러나 카시어스는 전혀 그런 모습을 보이지 않았다. 곤과 데몬고르곤이 아니면 세상 누구도 자신을 위협할 존재가 없다고 생각했기에 가능한 행동이었다.

카시어스는 좁고 더러운 골목길로 앞장서서 걸어갔다. 곤과 데몬고르곤은 피식 웃고는 그녀의 뒤를 쫓았다.

도저히 숨을 쉬지 못하겠다. 골목길은 밖에서 보는 것보다 더욱 더러웠다.

이곳 주민들은 온갖 노폐물을 창문 밖에다가 아무렇게나 갖다 버렸다. 노폐물 위에는 구더기와 파리들이 가득했다. 골목길 전체가 파리 떼로 뒤덮였다.

악취가 너무 심해 머리가 아프고 후각이 마비된 것 같았다.

"후아, 아무리 나라도 이건 못 버티겠다. 정화!"

코를 막고 걷던 카시어스가 주문을 외웠다. 그녀의 주변으로 환한 빛이 흘러나오더니 악취를 밖으로 밀어냈다. 오직 그녀의 주변만.

참을 수 없는 것은 데몬고르곤도 마찬가지인데.

"카시어스."

데몬고르곤은 울렁거리는 속을 억지로 참으며 카시어스를 불렀다.

"응? 왜, 데몬고르곤."

카시어스는 아무것도 모르겠다는 표정으로 큰 두 눈을 껌뻑이며 데몬고르곤을 바라봤다.

"나도 해줘."

"우우우웅~ 모오올?"

"장난치지 말고 나도 해달라고."

"그러니까~ 모오올?"

"저, 정화 마법을."

"헤에, 그러니까 뭐야. 지금 자존심 강한 사자마왕 데몬고르곤께서 저한테 고개를 숙여 부탁을 하는 건가요?"

"고개를 숙여 부탁을 한 적은 없다."

"헹? 아니야. 그럼 말고."

카시어스는 고개를 돌려 다시 걸어갔다. 그녀는 팔을 벌리고는 '아, 역시 마법이 좋아. 이 상쾌하고 쾌적한 공기' 라는 말을 하며 데몬고르곤을 약 올렸다.

살짝 열이 오른 데몬고르곤이지만 참았다. 여기서는 카시어스의 비위를 맞춰 줘야 한다.

예전부터 장난기가 많던 년이 아니던가. 삐지기라도 하면 숨도 제대로 쉴 수 없는 이곳에서 빠져나갈 구멍이 없었다.

"부, 부탁이다."

치욕적이었다.

겨우 손쉬운 마법 한 번을 받기 위해서 과거에는 적이었던 카시어스에게 아쉬운 소리를 해야 한다니. 그렇지만 도저히 냄새를 참을 수가 없었다.

금방이라도 점심 때 먹었던 육포가 식도를 타고 넘어올 것만 같았다.

"헤헤, 놀라워라. 사자마왕 데몬고르곤께서 나한테 부탁을 다 하시고."

이런 상황을 즐기는 카시어스였다. 그녀는 종종 걸음으로 다가와 데몬고르곤의 주위를 빙빙 돌았다.

"그, 그만, 참을 수가 없다. 제발……."

목구멍까지 분해되지 않은 건더기가 올라왔다. 카시어스가 서둘러 마법을 걸어주지 않으면 노폐물 위에다 속에 있는 것을 게워내게 생겼다. 생각만 해도 끔찍했다.

"알았어. 알았어. 자, 정화!"

키득거리던 카시어스가 마법을 걸어주었다. 주문과 함께 데몬고르곤은 크게 한숨을 내쉬었다. 얼굴도 한층 안정되었다. 카시어스가 도와주지 않았다면 정말로 큰 낭패를 볼 뻔했던 데몬고르곤이었다.

"고맙군."

"별말씀을. 자, 그럼 우리의 영웅께서는 뭐하고 계시나. 부탁할 때가 지난 것 같은데."

재미있어 죽겠다는 표정으로 카시어스는 곤을 바라봤다. 곤은 자신과 데몬고르곤을 합친 것보다 더 강하다. 연무장에서 있었던 일은 지금 생각해도 아찔했다. 만약 곤이 힘 조절에 실패를 했다면 자신과 데몬고르곤은 크게 다쳤을 것이다.

그렇기에, 언제다 도도한 저 얼굴에서 곤욕스러운 표정이 나오는 것을 보고 싶었다.

그러나—

"잉?"

곤은 전혀 그런 표정이 아니었다. 아무렇지도 않다는 듯이 담담하게 골목길을 오르고 있었다.

"우와, 정말 독종일세. 내 살다 살다 저런 독종은 처음 본다."

카시어스는 혀를 내둘렀다.

곤의 과거를 모르고 있는 카시어스의 입장에서는 어쩌면 당연한 일이었다.

강제수용소는 이곳보다 더한 지옥이었다. 탈출을 시도하다 잡힌 마을 사람들은 온갖 고문을 당하며 지하 감옥에 수감이 되었다. 온갖 노폐물과 시체들도 뒤덮였던 지하 감옥은 정상적인 인간이라면 도저히 버틸 수가 없는 곳이었다.

평범한 사람도 단 하루면 미쳐 버리는 그곳이 바로 일본군이 만들어놓은 감옥이었다. 인간이라면 행할 수 없는, 인간이라면 행해서는 안 될 짓을 그들은 서슴없이 저질렀다.

하여, 곤은 이 정도의 악취는 얼마든지 견딜 수가 있었다.

"인간미라고 눈을 씻고 찾아봐도 없는 자식이야. 흥."

카시어스는 콧방귀를 끼고는 곤을 제치고 앞으로 걸어갔다.

곤은 카시어스가 왜 저런 행동을 하는지 알 수 없었다.

그들이 언덕 중턱에 다다랐을 무렵.

곤과 카시어스, 데몬고르곤이 동시에 멈췄다.

"이야, 날파리들 꽤 많이 꼬였네."

카시어스는 주변을 돌아보며 말했다. 주변을 돌아봤지만 아무것도 보이지 않았다. 하나 보이지는 않지만 강한 살기가 느껴진다.

단순히 사람을 죽이겠다는 의지가 담긴 살기가 아니었다.

사람을 죽여본, 그것도 상당수의 사람을 죽여본 살기가 진득진득하게 그들에게 달라붙었다.

곤도, 카시어스도, 데몬고르곤도 진작부터 느끼고 있던 살기였다. 처음 좀비 거리에 들어섰을 때, 나무 담장 너머로 느껴지던 이유 없는 적의를 보이던 자들. 바로 그자들이 하나둘씩 모여 곤의 뒤를 밟은 것이다.

사박사박—

적의를 가진 자들이 살기를 감추지 않은 채 다가온다.

"이봐, 보스, 어쩔까?"

"일단은… 한 놈만 사로잡을까."

"한 놈만?"

"여러 놈이 필요하지는 않을 것 같아서."

"헤헤, 좋아. 간만에 몸을 푸는군."

곤과 카시어스, 데몬고르곤은 습격에 대비했다. 카시어스의 양 손바닥에서 작은 회오리가 생겨났다.

회오리는 작지만 맹렬하게 돌아갔다.

데몬고르곤은 주먹을 쥔 채 주위를 노려봤다. 씽보다 강한 그에게 조언을 하는 것은 예의에 어긋난다.

곤은 부적 한 장을 꺼냈다. 재앙술 6식이 적힌 부적이다. 이것이면 근방을 초토화시킬 수가 있었다.

끼기기기긱―

그자들이 다가온다. 흡사 짐승과 같은 소리를 내면서.

무척이나 역겨운 기운을 가진 자들이었다.

"나왔다."

카시어스가 판잣집 지붕으로 솟구쳐 오른 수십 명의 사내들을 보았다.

우습게도 모두가 발가벗고 있었다. 발가벗은 몸에는 문신이 가득했다.

눈동자가 고양이처럼 날카로웠다. 그들이 혀를 길게 내밀었다. 혀 중간에 뭔가의 뼈로 만들어진 피어싱이 박혀 있었다.

저들이 정말로 인간인지 의심이 간다.

"우와, 오래 살다 보니깐 별 희한한 인간들을 다 보겠네."

카시어스는 그들을 보며 어처구니없는 표정을 지었다.

곤도, 데몬고르곤도 그녀의 말에 동감이었다. 살아오면서 저토록 추악한 모습을 한 인간은 본 적이 없었기 때문이다.

"킥킥킥, 맛있어 보이는 고기다. 고기, 신선한 고기다. 부드럽고 야들야들한 고기다."

턱까지 내려오는 긴 혀를 가진 사내가 카시어스를 보며 입술을 핥았다.

카시어스는 자신도 모르게 온몸이 오싹한 느낌을 받았다. 기분이 갑자기 나빠졌다.

"이런 개 호로새끼들을 봤나. 지금 누구를 보면서 입맛을 다셔! 그런 퍼포먼스를 본다고 내가 쫄 줄 알아? 이 자식들아!"

"킥킥킥, 야들야들한 고기가 말한다. 정했다. 오늘 저녁은 저 야들야들한 고기다."

사내들이 개구리처럼 펄쩍 뛰어오르며 카시어스를 가장 먼저 노렸다.

"이런 미친, 내가 핫바지로 보이나. 아이스 스톰!"

카시어스는 양 손바닥에 있던 작은 회오리를 앞으로 던졌다.

그러자 회오리는 순식간에 10미터 이상으로 커졌다. 커진 회오리가 카시어스를 향해서 뛰어내리던 대여섯 명의 발가벗은 사내들을 휘어 감았다.

쩌저저적—

그들의 육체가 얼어붙었다. 얼어붙은 상황에서도 그들은 '맛난 연한 고기'를 외쳐 댔다. 완전히 미쳤다.

"개새끼들."

카시어스가 주먹을 꽉 쥐었다 동시에 폭풍에 휘말린 사내들이 산산조각이 나며 사방으로 흩어졌다. 사내는 지글지글 타오른다.

악몽을 꾸는 듯이, 비명을 지르지만 누구도 그를 도와줄 사람은 없었다.

카시어스는 다시 한 번 마법을 실현한다. 십여 명의 발가벗은 사내들이 그녀의 마법에 휘말려 끝장이 나고 말았다. 아무도 몰랐을 터였다. 그녀가 이토록 무서운 마법을 시전할 수 있다는 것은…….

순간적으로 겁을 먹은 사내들이 시선을 돌렸다. 그들이 바라본 카시어스는 마법사다. 그렇다면 다른 먹잇감을 노려야 한다.

그들의 입장에서 가장 손쉬운 먹잇감은 곤이었다. 수십 명의 사내들이 곤에게 달려들었고, 곤의 손바닥에서는 그들이 생전 처음 보는 가공할 술법이 터졌다.

재앙술 6식 사자(死者)의 덫.

바닥이 갈라지고, 망자들이 생기를 갈구하며 불쑥 튀어나왔다. 망자들의 팔이 길게 늘어졌다. 그들의 팔은 수십 명의 사내들을 동시에 움켜잡았다.

"으아아아아악!"

비명이 터지고—

순식간에 사내들은 지하 깊숙한 곳으로 빨려 들어갔다.

"이, 이게 무슨?"

그들도 무슨 일이 벌어진지 확인을 하지 못하는 눈치였다. 사내들은 서로의 눈동자를 보았다. 약간은 공포에 젖은 듯한, 조금은 두려움이 가득한 표정들이었다. 처음으로 겪어보는 공포.

"저, 저자를 잡아라!"

생존한 사내들이 데몬고르곤에게 시선을 돌렸다. 하나, 데몬고르곤도 그들의 상식 밖에 존재하는 인물이었다. 주먹 한 번을 휘둘렀을 뿐인데, 십여 명의 사내들이 허공에서 폭발했다. 머리와 장기가 모조리 찢겨졌다.

온몸에 문신이 가득한 발가벗은 사내들이 서로의 얼굴을 바라봤다. 상대방이 이토록 강할 줄은 생각도 못했던 모양이었다.

그럼에도 그들은 물러나지 않는다. 곤과 카시어스, 데몬고르곤을 빙 둘러싸고 진득한 살기를 피어냈다.

"도대체 저들은 누구지?"

카시어스는 사내들을 훑어봤다. 오랜 시간 살아온 그녀지만 지금과 같은 기이한 패거리를 본 적이 없었다. 저자들의 몸에서는 알 수 없는 살기가 가득하다. 비슷한 살기를 가진 자들은 본 적이 있었다.

수백 년 전, 인간을 잡아먹던 그 자식들과 비슷한 냄새가 난다.

식인마들—

그때였다.

"우와아아아아!"

벌거벗은 사내들 주변으로 수백 명의 사람들이 나타났다.

그들의 모습은 일반적이다. 자주 씻은 것 같지는 않지만 상식선에서 크게 벗어나지는 않는다. 단, 들고 있는 창들을 빼면.

나타난 사람들은 벌거벗은 사내들을 향해서 창을 던졌다. 날아간 창은 사내들의 사지에 꽂혔다.

그들은 창을 던지고, 칼을 던지고. 사내들의 육신을 헤집었다.

목숨의 위험을 느낀 벌거벗은 사내들은 그제야 자리에서 벗어났다.

곤과 카시어스, 데몬고르곤은 갑작스럽게 나타난 사람들을 보았다. 대략 70세쯤 되어 보이는, 허리가 반쯤 굽은 노파가 곤에게 다가왔다. 노파의 뒤편에 서 있는 사람들은 단단히 긴장을 한 채, 곤을 바라보고 있었다.

"놀라셨죠? 처음 뵙겠습니다. 오즈라고 합니다."

노파는 곤을 보며 입을 벌려 웃었다. 앞 이빨이 모조리 빠졌는지 보이지 않았다. 그러나 사심이 없는, 무척이나 기분이 좋은 표정이었다.

"저희를 아십니까?"

곤이 물었다.

"당신을 오랫동안 기다렸어요."

"저를요?"

"네."

곤은 이해할 수 없다는 표정으로 고개를 갸웃거렸다. 그것은 카시어스와 데몬고르곤도 마찬가지였다. 곤은 이곳이 처음이었다. 언어만 통할 뿐이지, 피부색도 다르고 문화도 달랐다. 서로가 알 수 있는 확률은 만에 하나도 없었다.

"도대체 어떻게 저를 알고……."

"글쎄요. 그건 저도 모르겠어요. 아주 오래전부터 계획이 되어 있었다는 것밖에."

오즈라는 노파의 말을 들으면 들을수록 이해할 수가 없었다.

오즈는 뒷짐을 쥐고 천천히 좁은 골목길을 걸어갔다. 사람들은 창을 들고 주위를 경계했다.

"좀비 거리라 불리는 이곳, 참 흉악하죠? 이곳은 사람의 가장 밑바닥을 볼 수 있는 곳이에요. 당신들을 습격한 자들. 이곳에서는 언더 맨이라고 부르죠."

"언더 맨이요?"

호기심을 이기지 못한 카시어스가 오즈에게 물었다.

"배고픔을 이기지 못하고 같은 사람을 먹는, 식인을 하는 자들을 그렇게 부른답니다."

"식인을 한다고요?"

"네."

카시어스의 질문에 오즈는 고개를 끄덕였다. 카시어스는 속이 울렁거리는 것을 억지로 참았다. 과거 대륙에서 식인은 종종 볼 수 있는 행위였다.

특히 시야나 남야와 같은 가난한 왕국에서는 식인을 권장하기도 했는데 수십 년 전부터 식인에 대한 부작용이 세상에 알려지기 시작했다.

우선 식인을 한 사람들은 손과 팔을 심하게 떨었는데, 그것은 식인을 한 사람들과 그렇지 않은 사람들을 구별할 수 있는 가장 큰 차이였다.

두 번째로는 사람들의 정신이 이상해지는 것이다. 굉장히 난폭해지고 식인에 대한 욕구를 참을 수가 없었다. 한 번이라도 식인을 해본 사람들은 자신의 몸에 자해를 서슴지 않았다.

하여 몇십 년 전부터는 대륙 모든 나라에서 식인을 금지했다. 그러나 대륙과 동떨어진 라덴 왕국에서는 아직 식인이 성행을 하는 모양이었다.

"그런데 저희를 어디로 데려가는 겁니까?"

곤이 오즈에게 물었다.

오즈는 뒷짐을 쥔 채 곤을 바라보았다. 그녀는 묘한 표정을 지었다. 곤은 그녀의 표정이 무엇을 말하는지 알 수가 없었다.

"이곳에는 보는 눈이 너무 많아요. 장소를 옮기죠."

* * *

오즈가 곤을 데리고 간 곳은 골목길 끝에 있는 2층 목조 주택이었다.

그곳으로 가는 동안 곳곳에서 감시를 하는 사람들이 목격했다. 오즈의 말로는, 워낙 살벌하고 위험한 곳이기에 서로가 서로를 보호하지 않으면 안 된다고 하였다.

다행히도 곤을 습격했던 언더 맨이란 자들은 더 이상 나타나지 않았다.

그들은 포악하지만 겁이 많아 자신들이 확실하게 잡을 수 있다는 생각이 들지 않으면 모습을 드러내지 않는다는 설명을 들었다. 즉 무리를 짓고 있으면 어지간해서는 습격을 하지 않는다는 것이다.

곤은 판잣집들이 늘어선 어두운 골목길을 바라봤다. 골목의 음침함이 대번에 느껴진다. 그는 고개를 돌려 오즈를 바라봤다.

곤의 스승인 무학 대사처럼 고된 삶을 이겨낸 현기가 감도는 눈빛을 가진 노파였다. 그러나 이곳은 조선이 아니다. 활동 반경이 그리 크지 않은 곤으로서는 오즈라는 노파가 도저히 머릿속에서 떠오르지 않았다.

"그런데… 저희를 도와준 이유가 무엇입니까?"

곤은 물었다.

따지고 보면 언더 맨 따위가 아무리 많아봐야 곤과 카시어스, 데몬고르곤을 당하지 못한다. 몇백 명이 떼로 몰려 와도 결과는 마찬가지였다.

"저희는……."

오즈는 상황을 설명하기 시작했다. 그녀의 말을 듣던 곤의 표정은 놀라움을 넘어선 경악으로 차츰 변하기 시작했다.

*　　*　　*

"물러나! 뒤로 물러나라!"

기사들은 병사들을 미친 듯이 외쳤다. 그들이 외치지 않았다 하더라도 영지민들은 사력을 다해서 도망쳤을 것이다. 라덴 왕국의 다크 나이트들의 손속은 무서웠다. 아이나 여자라 하더라도 가차 없이 검을 휘둘렀다. 성내로 침입한 다크 나이트들의 숫자는 1천 명에 달하지만, 그들의 손에 죽은 사람들은 그 몇 배에 달했다.

무차별적인 살상.

사람들은 살기 위해서 도망을 칠 수밖에 없었다. 그렇지만 성 안팎으로 라덴 왕국군이 집결해 있는 상황에서 그들이 도망칠 곳이 과연 어디에 있단 말인가.

사람들은 사방으로 흩어졌지만 결국에는 한곳으로 몰릴 수밖에 없었다.

다크 나이트들은 그런 사람들을 집요하게 쫓아 사정없이 검을 휘둘렀다.

"이, 이 일을 어쩌란 말인가."

제아무리 투신으로 이름이 높은 헬리온 백작이라고 하더라도 도저히 손을 쓸 수 없는 상황이었다. 그 혼자서 백 명의 기사를 상대하라면 가능하다. 천 명의 병사를 상대하라고 하더라도 가능하다. 홀로 목숨을 거는 일이라면 얼마든지.

하나 지금 상황은 혼자 싸워서 해결할 수 있는 문제가 아니었다.

그를 보좌하는 기사들도 마찬가지였다. 병사들과 합세를 하여 사력을 다해 라덴 왕국군을 막았지만, 형세는 빠르게 무너지고 있었다.

압도적인 군세도 문제지만 적의 기세가 너무 맹렬했다.

"항복을 해야 하는가."

헬리온 백작의 가진 선택 사항은 딱 하나밖에 남지 않았다.

"안 됩니다."

브루스 자작이 그를 만류했다.

항복을 한다고 해서 적들이 자신들을 살려둘 것이란 보장이 없었다.

이제껏 봐온 적들이 해온 행동으로 봐도 그러하다. 저들의 행보를 감시하기 위해서 파견했던 정찰조의 보고서만 해도 경악할 수준이었다. 강간, 약탈은 기본이었다. 살인은 덤이었고, 저들이 쓸고 간 자리는 소, 돼지 한 마리 남기지 않고 초토화가 되었다.

그럼 도대체 어떻게 하란 말인가.

헬리온 백작은 하늘을 바라봤다. 그는 실력을 믿지, 신을 믿지 않는다.

그러나 지금은 없는 신의 바짓가랑이라도 잡고 늘어지고 싶었다.

"으아아악!"

"사람 살려!"

영지민의 비명 소리가 그의 귓가에 똑똑히 들렸다. 정녕 방도는 없단 말인가.
투신이라 불리는—
아슬란 왕국의 최강이라 불리는 다섯 기사 중 한 명인 헬리온 백작은 무릎을 꿇었다. 자신은 부관참시가 되어도 좋으니까, 제발 저 연약한 자들에게 조금의 기적이라도 보여달라고.
쏴아아아아—
하늘에서 갑작스러운 소나기가 내리기 시작했다. 수많은 빗줄기가 헬리온 백작의 얼굴 위로 떨어졌다. 그는 손바닥을 내밀어 소나기를 받아냈다.
우기 전이었기 때문에 성내는 무척이나 더웠다. 더군다나 양 군의 사력을 다한 학살전 덕분에 그 더위의 체감은 상식을 훨씬 넘어서고 있었다. 노인들은 습한 온도로 인해서 쓰러지는 일도 허다했다.
갑작스러운 소나기는 모든 사람의 갈증을 일순간에 해결시켜 주었다.
헬리온 백작이 주먹을 꽉 쥐었다.
신 따위는 없다고 믿었건만 신은 자신의 의지를 들어주시려는 것일까.
도대체 어떻게?
그때였다.
와아아아아아—

얕은 구릉 너머로, 족히 수천 명에 달하는 오크가 고함을 지르며 영지를 향해 달려오고 있는 것이 아닌가.

"오, 오크들?"

헬리온 백작은 오크들이 이곳에 나타났다는 것을 믿을 수가 없었다.

오크는 몬스터가 아니라 엘프, 드워프 등과 같이 이종족으로 분류된다.

하지만 인간들은 그들을 무시한다. 제국에서는 오크를 잡아다 노골적으로 살인 게임을 시키기까지 했다.

엘프 역시 좋은 꼴을 당하지는 않았다.

그렇기에 이종족들은 인간들을 꺼려했다. 인간들이 세운 도시에서 멀리 떨어지기를 원했고, 어지간해서는 인간들과 수교를 맺지 않았다.

그렇기 때문에 거의 모든 이종족들은 인간이 함부로 근접할 수 없는 그랑주리 정글이나 홀몬 산맥 등으로 피신했다.

헬리온 백작도 오크를 본 지 10년이 넘었다.

마지막으로 본 것은 젊었을 적 제국으로 끌려가는 오크 노예들을 힐끗 본 것이 다였다.

그다지 이종족이라고 신경을 쓰지도 않았고 굳이 그들을 찾아서 만나고 싶다고 생각한 적도 없었다.

"도대체 저들은 어디서 왔단 말인가."

헬리온 백작은 브루스 단장에게 물었다. 그것은 브루스 단장도 모른다.

그들 모두가 느끼는 것은 단 하나.

저들이 자신들에게 악의를 가지고 있지 않다는 것이다.

"저, 저기. 슈테이란 잡니다."

기사 중에 한 명이 오크들을 이끌고 달려오는 난쟁이를 가리켰다.

헤즐러 자작 영지에 속한 자들은 모두 그를 알고 있었다. 비록 난쟁이지만 키스톤과 함께 슈테이는 가장 큰 신임을 받고 있다고 알려져 있었다. 그렇기에 내심은 어떨지 모르지만 겉으로는 그를 무시하는 사람은 없었다.

그런 슈테이는 전쟁이 나기 전, 곤이 2백 명의 기사들을 데리고 성을 나가기 전에 사라졌다.

의아해하는 사람들은 있었지만 궁금해 하는 사람은 없었다.

어차피 슈테이는 오직 곤의 명령만 듣는다. 그가 사라졌다면 곤의 명령에 의해서 사라졌을 가능성이 높았다.

하지만 헬리온 백작가의 기사들은 그 사실까지 알 리 없었다. 어느 영지에 가나 약장수 혹은 차력을 하는 난쟁이들이 한두 명쯤은 있었기에 그다지 신경을 쓰지 않았다는 말이 정확할 것이다.

그런 그가—

느닷없이—

수천 명의 오크를 이끌고 나타난 것이다.

"여기가 곤의 영지인가?"

오크들의 여왕, 코이가 슈테이에게 물었다. 슈테이는 공손하게 고개를 끄덕였다.

피처럼 진한 연줄로 연결된 코이와 황색 오크 마을 부족민들이 바로 곤의 히든카드였던 것이다.

황색 오크들은 오크의 도시 뮤질란에 의해서 상당한 사상자가 있었다. 그리고 그들은 힘이 부족하다는 것이 얼마나 큰 죄악인지 깨달았다.

황색 오크들을 이끄는 코이 역시 마찬가지였다. 그녀는 전력을 다해서 다른 부족들을 규합했다. 그리고 몇 년이 지나지 않아 그랑주리 정글의 모든 오크들을 통합한 대부족장이 되었다.

지금 그녀는 곤이 알고 있던 코이가 아니었다.

감히 오크의 여왕이라고 칭할 만하다. 그런 그녀가 곤의 사사로운 은혜를 갚기 위해 한걸음에 모든 병력을 이끌고 먼 길을 넘어서 달려온 것이다.

코이는 제대로 된 상황을 인식하지 못하고 있는 인간들을 보았다. 특히 검은 피부색을 가지고 있는 인간들을…….

저들이…….

우리의 곤을 괴롭힌 인간들이란 말이지.

코이는 가슴에서 뜨거운 무엇인가가 치밀어 올랐다. 과거, 비록 여자의 몸이었지만 볼튼과도 견줄 만한 실력을 가지고 있던 그녀였다.

지금 여왕이 된 그녀의 무력은 측정이 불가능하다.

그녀의 몸에서 가공할, 수 킬로미터 밖에서 느껴질 정도로 어마어마한 살기가 라덴 왕국군을 향해서 쏟아졌다.

"전사들은 들어라!"

하아압!

투기에 가득 찬 오크들이 코이의 말에 엄청난 소리로 대답했다.

"우리의 친구, 우리의 형제, 우리의 은인인 곤을 기억하는가!"

하아압!

"우리의 곤이 저들로 인해서 심각한 위기에 처해 있다. 어찌 해야 하는가!"

"찢어 죽여야 합니다!"

"그렇다! 피의 율법으로 보여주자. 놈들의 사지를 찢어서 성벽에 걸어놓고 곤을 맞이하자! 전군~!"

코이는 라덴 왕국군을 가리켰다.

"진격!"

와아아아!

전투로 다져진 무시무시한 근육을 가진 오크들이 전투도

끼를 들고 달리기 시작했다. 오크들의 완력은 인간들과는 차원이 다르다. 성인 오크들은 인간의 육체쯤은 산 채로 찢어서 죽일 수가 있었다.

그렇지만 그런 오크들도 인간들을 당하지는 못한다. 아니, 정확히는 기사들과 마법사를 당하지 못하는 것이다.

오직 신이 인간에게만 내려준 마나와 마법이라는 선물 때문이었다. 특히 광범위 공격 마법을 가진 마법사에게는 도저히 손도 발도 쓸 수가 없었다.

그런 오크들이지만…….

그들도 나름의 강해질 방법을 발견해 냈다.

그것은 바로 투기. 마나와는 달리 투기는 강력한 호전을 가진 오크들에게 가장 잘 맞는 무기였다.

투기를 자유자재로 사용할 줄 아는 오크들은 육상 최강의 몬스터라 불리는 오거조차 단독으로 잡아낼 수가 있었다.

그런 무시무시한 오크들이 이곳에는 수두룩하다. 심지어 용자라고 불리는 오크들까지도 있었다.

수천 명이 내뿜는 투기는 상식을 초월할 만큼 위압적이다.

그런 오크들이 해일처럼 라덴 왕국군에게 쏟아져 들어갔다.

Chapter 2. 그들의 힘

곤과 기사들은 곧바로 작전에 돌입했다. 더 이상 시간을 끌 수도 없는 상태였다.

코렌에게 온 연락은 곤을 비롯하여 모두를 기겁시켰다. 라덴 왕국군이 성 내부까지 땅굴을 판 후, 대량의 기사들을 투입시켰던 것이다.

그것으로 인해서 성은 발칵 뒤집힌 상태였다. 그들을 몰아내지 못한다면 오늘 밤이 지나기 전 성이 함락될 수도 있었다.

하여 곤과 기사들은 결단을 내려야 했다.

성좌의 도시 하이든은 곤과 기사들에게는 낯선 곳이었다. 문화도, 사람도 모든 것이 달랐다. 아무리 히잡으로 얼굴을 가리고 있다고 하더라도 낯선 티가 날 수밖에 없었다.

당연히 길도 모른다. 건물 양식도 달라서 잘못 진입하면 구스타프 황제를 잡지도 못하고 모조리 유명을 달리할 수가 있었다.

만약 그들에게 뜻밖에 지원군이 생기지 않았더라면 아무리 담이 큰 곤과 기사들이라고 하더라도 성에 잠입할 생각을 하지 못했을 것이다.

물론 오즈와 추종자들을 믿기란 쉽지 않았다. 어느 누가 그들을 믿으려 할 것인가.

하나 곤은 결정을 내려야 했다. 그들을 믿고 성에 잠입을 하든지, 시간을 두고 성의 구조를 파악하든지.

상식이 있는 사람이라면 후자를 택할 테지만 지금은 상황이 너무 촉박했다.

지금 여기서 잠을 청한 순간 내일 아침에는 엄청난 비보를 접할 것이 안 봐도 뻔했다.

"정말 저들을 믿을 만한 것인가?"

린다맨이 오즈와 그녀를 쫓아온 사람들을 힐끗 보며 곤에게 물었다.

린다맨은 귀족이다. 귀족으로서 평민들을 이해하려고 노

력은 하지만, 자신이 그들과 같다는 생각은 한 번도 한 적이 없었다. 애당초 같은 선상에서 그들과 자신을 함께 놔본 적이 없는 것이다.

그가 보기에 오즈라는 노파와 사람들은 평민보다 훨씬 낮은 계급인 노예로 보였다. 아니, 하고 있는 몰골로는 가축으로 보이기까지 했다.

"믿어야죠. 저들을 믿지 않으면……."

곤은 말을 줄였다.

그가 말을 줄인 이유는 린다맨도 알 수 있었다. 그의 말끝에는 차마 입에 다물 수 없는 말이 길게 남아 있었으니까. 모두의 죽음이라는.

"저런 것들을 믿어야 하다니……."

"그런 말은 하지 마시죠. 이곳에 있는 저희 모두뿐만 아니라, 모든 영지민의 목숨도 저 사람들이 쥐고 있으니까."

생각지도 못한 곤의 냉담한 반응에 린다맨은 몇 번의 헛기침을 했다.

곤은 기사들의 리더다. 더군다나 영지를 구할 막중한 임무도 가지고 있었다. 왜 헬리온 백작을 비롯한 기사들은 만장일치로 곤에게 그런 임무를 맡겼을까.

그만큼 강하다는 것이었다. 그가 아니면 이런 말도 안 되는 임무를 성공시킬 수가 없었다.

하여 린다맨은 그를 존중해야 했다. 괜한 노인의 아집으로 그의 심기를 불편하게 만들면 안 된다. 괴팍한 마법사지만, 오랜 시간을 살아온 만큼 그 정도의 혜안은 가지고 있었다.

"오즈 님, 이리로 오시죠. 저희 모두에게 성의 내부를 설명해 주셨으면 합니다."

곤은 오즈에게 허리를 숙이며 앞으로 모셨다.

"홀홀홀, 그러지 마십시오. 곤 님, 저는 곤 님의 수족이 되는 것만으로도 충분히 감사하답니다."

노파는 두 개밖에 남지 않은 이빨을 드러내며 웃었다. 그녀는 앞으로 나와 성의 내부에 대해서 설명을 하기 시작했다.

오즈가 하는 말은 모두 외워야 한다. 외우지 못하면 작전에 성공을 하더라도 살아 나올 수가 없었다. 기사들은 그녀가 하는 말을 한 마디도 놓치지 않기 위해서 필사적으로 머리를 굴렸다.

*　　*　　*

구스타프 황제가 기거하는 성과 연결된 하수구.

성에서 나오는 하수구는 길게 이어져 좀비 거리로 연결되어 있었다.

첨벙첨벙.

약 무릎까지 오는 하수구의 오염된 물을 곤과 2백 명의 기사가 조심스럽게 걸어갔다.

워낙 단련이 잘되어 사람들의 시선을 피해 하수구로 들어올 수 있다고 하더라도 참을 수 없는 것이 단 하나 있었다.

그것은 악취.

하수구에서 나오는 악취는 엄청났다. 공기 전체가 감염이 되어 있는 듯한, 세상에서 한 번도 맡아보지 못한 냄새였다.

몇몇은 도저히 참지 못하고 입을 틀어막고 말았다. 마나를 사용한다면 어느 정도 냄새를 몰아낼 수가 있을 테지만, 마나를 조금이라도 소모하기에는 상황의 중대함이 너무 컸다.

찌찍— 찌찌지직—

그리고 수도 없이 많은 강아지만 한 크기의 쥐들도 문제였다. 쥐들은 곳곳에서 반쯤 썩어가고 있는 시체를 파먹고 커서인지 인간에 대한 두려움이 없었다.

오히려 섬뜩한 형광색 눈빛을 내보이며 지나치는 곤과 기사들을 바라보고 있었다.

몇 마리의 쥐들은 육식에 대한 본능을 참지 못하고 기사들에게 달려들었다.

영지 내에서 고르고 고른 최정예 기사들이다. 겨우 쥐들에게 당할 기사들이 아니었다.

게다가 쥐들이 덤빈 상대는 더욱 나빴다. 바로 식신들이었다는 것.

불킨은 자신을 향해 덤비는 쥐들을 향해서 손바닥을 쫙 폈다.

그러나 손바닥이 반으로 갈라지며 쥐들을 통째로 집어 삼켰다. 손바닥에서 '아그작, 아그작' 소리가 난다.

불킨의 그런 모습을 본 기사들은 기겁을 하고 말았다. 헤즐러 자작의 기사들은 식신들이 불멸에 가까운, 점점 강해지고 있는 무시무시한 존재라는 것을 잘 알고 있었다.

허나 곤과 안드리안 씽, 데몬고르곤, 카시어스와 같은 워낙 강력한 괴물들 때문에 그들의 존재감이 가려졌을 뿐이었다.

그 사실을 알 수 없었던 헬리온 백작 수하인 기사들은 기절할 정도로 놀랄 수밖에 없었던 것이다.

확실히 말해서 곤과 친구들이 기형적으로 이상할 뿐이었다.

헬리온 백작의 수하들은 인간의 모습을 한 식신은 생각도 못해 봤고, 본 적도 없었다.

"이, 이보게."

근래 들어 꽤 친해졌다고 할 수 있는 덩치 큰 기사가 파르티에게 물었다.

"왜 그러나?"

파르티는 그를 보며 낮은 음성으로 물었다.

“저, 저자는, 아니, 저분은 누구인가? 인간의 팔이 괴물로 변하다니. 혹시 말로만 듣던 사령술사인가?”

사령술사는 여러 분류가 있다. 가장 유명한 자들은 강력한 악령을 자신에게 빙의를 시켜서 그 전투력을 빌려 오는 자와 강력한 악령을 소환하여 자신을 대신해 싸우게 하는 자로 나뉜다.

기사는 불킨을 사령술사가 아닌지 오해한 것이다.

“아닐세.”

파르티는 고개를 저었다.

“아니라고? 분명 팔이 무시무시한 악령으로 변하는 것을 봤는데?”

“그것은 팔이 아닐세.”

“그럼?”

“그것은 저분의 신체이네. 육체를 저토록 자유자재로 변화시킬 수가 있다네. 나도 본 적은 없다만, 저분이 완전한 전투형 육체로 변하게 된다면…….”

“된다면?”

“보기만 해도 무서워서 오줌을 지릴 것이라고도 하더군. 우리 영지의 상급 기사일세.”

꿀꺽.

기사는 마른 침을 삼켰다.

저토록 무시무시한 자가 기사단장도 아니고 상급 기사라고? 그럼 일행의 리더인 곤을 비롯한 몇몇 기사들은 얼마나 강하다는 말인가.

지금까지 자신에 대한 자부심은 무척이나 강했던 기사는 마음이 푹 꺼지는 것처럼 자신감을 잃었다.

파르티는 기사의 어깨를 툭 치고는 미소를 지었다.

"그런 표정 짓지 말라고. 우리 하급 기사들도 모두 그런 감정을 한 번쯤은 겪었으니까."

기사는 뭐가 뭔지 모르겠다는 표정으로 멀어지는 파르티의 뒷모습을 보았다.

"쉿, 조용."

씽이 그들에게 주의를 주었다. 잡담을 하던 기사들이 일제히 입을 다물었다.

이제부터는 진짜 조심히 접근을 해야 한다.

구스타프 황제가 거주하는 일명 장미의 성 주변은 흡혈(吸血)군단이 보호하고 있다고 하였다. 흡혈 군단은 구스타프 황제가 가장 신임하는 최정예 부대로서, 구스타프 황제가 다른 대영주들을 무너뜨리는 데 혁혁한 공을 세운 자들이기도 했다.

병사들의 숫자는 2만 5천 명가량, 기사단의 숫자는 1천 명 정도였다. 전투가 시작되면 그들이 자랑하는 몬스터 전차 부대가 함께 발동한다고 한다. 한마디로 그들과 맞붙으려면 최소 2개 군단 이상의 전력이 이곳에 있어야 한다.

200명의 기사들이 그들과 대적한다면 순식간에 전멸될 것이다.

하여 구스타프 황제를 암살하기 전까지는 절대로 걸려서는 안 된다.

그나마 다행인 것은 성 안에 희한하게도, 아니, 이해가 가지 않을 정도로 좀비 거리라는 것이 존재한다는 것이다.

영주라면 그토록 자신의 영지에 그토록 추악한 거리가 있다는 것을 인정하지 않을 것 같은데…….

하지만 그 이유는 오즈의 설명으로 어느 정도 이해가 되었다.

좀비 거리는 귀족들이 싸놓은 똥과 같은 곳이다. 자신들은 절대 이곳을 오지 않지만 모든 노폐물을 이곳으로 내버린다. 게다가 그것을 당연하다고 여긴다. 이곳이 없으면 다른 어딘가에 또 이런 쓰레기장이 만들어질 테니까.

어쨌든 멀쩡한 정신을 가진 자라면 식인도 심심찮게 벌어지는 이곳에는 절대 오지 않는다고 하였다.

또한 누구도 이곳을 통해 성안으로 침투할 것이라는 생각도 하지 않을 테고.

성으로 들어가는 교각에 도착했다.

악취가 줄어들기는 했지만 교각 밑으로는 녹슨 쇠창살이 박혀 있었다.

"자, 저는 여기까지입니다. 크게 도움이 되지 못한 점 죄송스럽게 생각합니다. 부디 몸조심하소서."

오즈는 곤을 향해서 허리를 숙였다.

"고맙습니다. 충분히 도움이 되었습니다."

곤도 진심을 담아서 오즈에게 고개를 숙였다. 곤은 부서진 달의 세계로 오면서 성격이 많이 바뀌었다. 살아남기 위해서 그런 면도 없지 않지만, 코일코의 죽음이 그의 심경을 가장 크게 흔들었다.

그가 할 일은 혜인에게 돌아가기 전에 코일코의 소망을 들어주는 일이었다.

세상을 확 뒤집어엎어 버리는 것. 그것을 이루기 위해서는 본인이 좀 더 냉정하고, 잔인해질 필요가 있었다.

하나, 이런 고마운 도움을 받는다면 예전 성격이 나온다. 혜인을 사랑했던 마음처럼 누군가에게 고마워할 줄 아는 성격이.

오즈는 빙그레 미소를 지었다.

"가자. 시간이 없다."

첨벙첨벙.

곤은 앞장서서 걸었다. 하천의 높이가 점점 깊어졌다. 이미 허리를 지나 가슴까지 닿고 있었다. 똥 덩어리가 곤의 코 앞으로 지나갔다. 자신도 모르게 눈살을 찌푸리는 곤이었다. 곤은 크게 심호흡을 하고는 하천 속으로 머리를 담갔다.

곤은 곧장 쇠창살을 향해서 다가갔다.

바람의 칼날이라는 술법을 이용해서 하천 밑에 잠긴 쇠창살을 잘라냈다. 그는 쇠창살이 잘려나간 곳으로 빠져나갔다.

"후흡."

하천 밖으로 나온 곤은 크게 숨을 들이켰다. 머리끝에서부터 발끝까지 하천의 썩은 물이 뚝뚝 떨어졌다. 그는 기사들을 향해서 손짓을 했다. 어서 나처럼 들어오라고.

기사들은 자신도 모르게 멈칫거렸다. 세상의 어느 누가 쥐떼들에게 뜯어 먹힌 썩은 시체들이 가득한 물속에 온몸을 담그고 싶겠는가.

"에이, 사내자식들이 좀스럽게."

안드리안이 먼저 하천 속으로 머리를 담그고는 쇠창살을 넘어갔다. 이어서 씽과 데몬고르곤, 카시어스까지. 상급 기사들도 망설이지 않았다.

특히 씽에게 훈련을 받은 헤즐러 자작 영지의 기사들은 반사적으로 그를 따랐다.

“에이, 멍청한 놈들.”

대부분 주춤거린 기사들은 헬리온 백작 휘하의 기사들이었다. 린다맨은 그들을 향해 혀를 찬 후 하천 속으로 머리를 담갔다.

그제야 기사들은 부끄러운지 얼굴을 붉히고는 하나둘씩 지하수로를 향해서 한 발씩 나아갔다.

200명의 기사가 모두 사라지자 남은 사람은 오즈와 몇몇 거리의 사내들이었다.

“과연 몇 명이나 살아남을까.”

오즈는 중얼거렸다. 그녀의 손에는 눈과 코를 꿰맨 기이하게 생긴 돌이 들려 있었다.

*　　*　　*

“이, 이게 무슨!”

라덴 왕국군을 이끌고 있던 카이로 공작은 비대한 몸을 벌떡 일으켰다. 그는 지금 믿을 수 없는 광경을 목격하고 있었다.

누가 봐도 다 된 식사였다. 이제는 숟가락을 가지고 입에 넣기만 하면 됐다.

그런데…….

"저, 저 오크들은 뭐냔 말이다! 갑자기 어디서 나타난 거야!"

카이로 공작은 버럭버럭 소리를 질렀다. 흉포한 오크들은 아군을 철저하게 농락하며 섬멸시키고 있었다.

하지만 누구도 카이로 공작의 말에 대답을 해줄 수가 없었다.

"정찰대장 어디 갔어!"

카이로 공작이 외쳤다.

정찰대를 이끌고 있는 윔들러가 고개를 숙이며 다가왔다.

"너, 이 새끼, 오크들 어디서 나타난 거야?"

"죄, 죄송합니다."

윔들러는 입이 열 개라도 할 말이 없었다. 그는 철저하게 헬리온 백작의 성을 관찰했지, 영지 전체를 돌아본 것이 아니었다. 곧 성이 넘어갈 것이라는 자신감이 그를 그렇게 만들었다.

만약 정찰대 1개조만 풀어서 영지 곳곳에 배치만 했었으면 오크들이 나타난 것을 훨씬 빠르게 알아차렸을 것이다. 분명 그의 실수였다.

"아귀들의 먹이나 돼라, 빌어먹을 자식아!"

카이로 공작이 손을 내밀자 윔들러의 그림자가 벌떡 일어났다. 그림자는 윔들러를 순식간에 뼈까지 씹어 먹었다. 주인을 순식간에 먹어치운 그림자 역시 바람에 흩날리듯 사라졌다.

카이로 공작이 정찰대장에게 화풀이를 했다고 해서 상황이 끝난 것은 아니었다. 아니, 그사이에 더욱 나빠지고 있었다.

"바실리스크 부대, 전멸했습니다. 우타파 백작, 전사!"

"뭐?"

카이로 공작은 어금니를 강하게 물었다. 라덴 왕국의 주력부대는 사실상 바실리스크 부대라고 할 수 있었다. 그들은 전차 부대 혹은 기마 부대의 역할을 대신했다. 기동력이 빠르고 돌파력은 최강이라 할 수 있었다. 다른 부대는 바실리스크 부대의 보조하는 역할에 불과했다.

카이로 공작으로서는 치명적인 손실을 입은 셈이었다.

비보는 계속해서 날아왔다.

"빅 엘리펀트 부대 80퍼센트 소멸, 지휘관인 고르고르 백작, 전사했습니다."

"보병들이 위험합니다. 후퇴를 명해주십시오!"

"성내로 돌입했던 다크 나이트 부대와 연락이 끊겼습니다. 명령을 내려주십시오."

카이로 공작은 머릿속은 공황상태에 가까웠다. 자신이 어떻게 여기까지 왔는가. 구스타프를 황제로 만들기 위해서 어떤 짓도 해왔다.

친구였던 대영주와 그의 식솔들을 모조리 도살했다. 어렸을 적부터 같이 자란 친구와 식솔들을… 모조리.

수많은 전투를 치렀다. 전투에서 패해 도망친 적도 많았다.

살아남기 위해서는 무엇이든 했다.

하지만…….

지금처럼 처절하게 무너졌던 적은 단 한 번도 없었다. 4만 5천의 군세다.

보병만 있는 것이 아니었다.

최강의 바실리스크 부대와 빅 엘리펀트 부대, 다크 나이트 부대까지 모두 갖췄다.

이런 조합을 가지고 저 작은 성 하나를 깨부수지도 못한 채 처절하게 몰살을 당하고 있었다.

카이로 공작은……. 이제껏 이런 경험을 한 적이 없었다.

"공작 각하, 명령을! 잘못하면 전원이 몰살합니다. 다시 전열을 재정비해야 합니다. 아직 상당한 보병들이 남았습니다. 공작 각하, 제 말이 들리십니까? 적들의 군세도 이제는 얼마 남지 않았습니다. 저희에게도 기회가 있습니다."

카이로 공작의 부관이 간절하게 말했다. 시시각각 병사들이 추풍낙엽처럼 쓰러지고 있었다. 더 이상 시간을 끌게 되면 남은 병력도 모두 잃을 수가 있었다.

"아, 그렇지. 아직 끝나지 않았다. 군세를 물려라!"

그제야 총지휘관인 카이로 공작의 명령이 떨어졌다. 모두가 기다리던 명령이. 부관은 재빨리 병사들에게 후퇴명령을 내렸다.

뿌우우우우!

뿌우우우우우!

후퇴를 알리는 고동 소리가 길게 울렸다. 몇 번이나, 몇 번이나.

고동 소리를 들은 성벽 근처에 병사들이, 지금까지는 죽음을 불사하고 싸웠던 병사들이 겁에 질려서 도망을 치기 시작했다.

"후, 후퇴! 후퇴하라!"

각 조의 지휘관들의 얼굴에서 안도감이 퍼졌다. 몇몇 지휘관은 부하들도 챙기지 않은 채 등을 돌리고 도망쳤다. 라덴 왕국군은 물처럼 뒤로 빠졌다.

"흥, 멋대로 도망치게 놔둘 것 같으냐!"

코이는 뒤로 빠지는 라덴 왕국군을 보며 코웃음을 쳤다.

오크들은 밀림의 전사다. 추격에는 도가 텄다. 오크들이 작심을 하고 추격을 시작하면 어떤 동물도 빠져나갈 수가 없었다.

그것은 인간 또한 마찬가지.

"쫓아라. 이곳에서 한 명도 살려 보내지 마라!"

코이는 명령을 내렸다. 그녀의 명령에 따라 오크들이 라덴 왕국군의 뒤를 쫓았다.

그것은 일방적인 학살이었다.

라덴 왕국군의 병사들은 살아남기 위해서 아군까지도 짓밟으며 도망쳤다.

카이로 공작이 있는 본진까지 도망친 자는 겨우 3천에 지나지 않았다.

성벽 밑과 토성 근처는 온통 라덴 왕국군의 시체로 가득했다. 피가 강물처럼 흘러 냇물을 시뻘겋게 적셨다. 시체 썩는 냄새로 인해서 생존한 사람들은 수건으로 얼굴을 가리고 다녀야 할 정도였다.

*　　*　　*

이건 대승이라는 말로밖에 표현을 하지 못한다.

밖에서 성벽을 넘던 라덴 왕국군은 오크들의 엄청난 폭주에 지리멸렬하며 흩어졌다.

그들로서도 당황스러울 수밖에 없었을 것이다. 성이 함락되기 바로 전에 수천 명의 오크전사들이 갑자기 난입하다니.

반면 헬리온 백작은 어린아이처럼 뛸 듯이 기뻐했다.

이건 기적이었다.

이토록 절묘한 타이밍이라니.

만약 조금 일찍 오크들이 나타났거나, 조금 늦게 나타났다면 양쪽 다 큰 상처만 남겼을 것이다. 어쩌면 오크들까지 전멸을 했을지도 모르고.

적들은 성벽을 넘었다고 자신하고 있을 때, 방심이 극에 달했을 때 오크들이 들이닥친 것이다.

"지금이다! 브루소!"

헬리온 백작은 다소 흥분한 듯한 목소리로 브루소 단장을 불렀다.

"네, 백작 각하."

"성안에 있는 저 개자식들을 모조리 쓸어버려!"

헬리온 백작은 투신검 소울 브레이크를 들고 영지민들을 학살하고 있던 다크 나이트 부대를 향해서 뛰어갔다.

다크 나이트 부대는 사실 기사보다는 암살자에 가까웠다. 하여 무장은 그리 강하지 않았다.

만약 정말로 그들이 기사였다고 하더라도 좁고 긴 토굴을 통과하면서 무장을 무겁게 할 수는 없었을 것이다.

성내가 혼란스러웠던 것은 안과 밖에서 동시에 적이 공격을 감행했다는 것! 만약 양쪽 중에 한 부대만 없었어도 이토록 몰리는 사태는 벌어지지 않았다.

헬리온 백작의 투신검 소울 브레이크가 내뿜는 오러 블레이드가 다섯 명의 다크 나이트의 몸통을 반으로 갈라 버렸다.

몸이 반으로 잘린 다크 나이트들은 비명도 제대로 지르지 못하고 쓰러졌다.

"백작 각하의 뒤를 따라라!"

와아아아—

브루스의 외침과 함께 수세에 모였던 모든 기사와 병사가 성벽을 뛰어내려 가기 시작했다. 그들은 거세게 다크 나이트들을 몰아붙였다.

이제껏 당한 울분이 터진다. 겨우 천 명 정도의 다크 나이트 부대로 인해서 얼마나 많은 영지민이 죽었는지 짐작도 가지 않았다.

"죽어! 개새끼야!"

병사들에게 영지민은 가족이다. 싸울 수 있는 남자들은 모두 병사가 되었기 때문이다. 남은 사람들은 노인과 여자, 어린아이들밖에 없었다.

그런 영지민들이…….

셀 수도 없이 갈기갈기 찢겨서 죽었다.

병사들은 다크 나이트들의 목에 검과 창을 찔러 넣었다. 다크 나이트가 쓰러졌지만, 시체를 온전히 내버려 두지 않았다.

검을 또 내려치고, 창을 또 찔러 넣고, 해머로 머리통을 날려 버렸다.

이것은 가족을 잃은 자들의 순수한 분노였다.

겁에 질린 다크 나이트들이 도망을 치려고 했지만, 그들이 나갈 수 있는 곳은 아무데도 없었다. 이미 토굴은 막힌 상태.

다크 나이트들은 단 한 명도 살아남지 못했다.

전투를 마친 오크들이 돌아왔다. 헬리온 백작은 성문을 열어서 반갑게 그들을 맞이해 주었다.

헬리온 백작에게 슈테이가 미리 언질을 주었기에 그들이 누구인지 알고 있었다.

곤의 가족과 같은 존재들. 곤이 어떻게 오크들과 가족과 같은 존재가 됐는지는 알지 못한다. 설명을 들을 시간도 없었고.

하지만 오크들로 인해서 목숨을 구한 것은 변함없는 사실이었다. 이종족에 대한 낯선 의심이 고마움으로 바뀌었다.

성문이 열리고 코이를 선두로 오크들이 줄지어 들어섰다.

"아……."

헬리온 백작을 비롯한 기사들은 탄성을 지르고 말았다.

그들에게서 뿜어져 나오는 투기가 엄청났다.

특히 여왕이라고 불리는 코이의 투기는, 헬리온 백작 본인이 가진 마나를 훨씬 넘어서고 있었다.

오크라는 존재가 이렇게 강했던가?

기사들은 오크에 대해서 가지고 있던 생각을 수정해야만 했다.

"어서 오십시오."

헬리온 백작은 코이를 향해서 예의를 다해서 고개를 숙였다.

"인간들의 수장인가요?"

인간들이 보기에 조금은 예의가 없게 생각될지도 모르게, 코이는 고개만을 살짝 까닥거렸다.

"그렇소. 도움을 주어서 고맙소."

"별로, 곤은 어디 있죠?"

코이는 고개를 돌려 곤을 찾았다. 그녀가 가장 보고 싶었던 사람은 곤이었다.

그는 오크 부족의 상징과 같은 존재였다. 그리고 고마운 존재. 그를 다시 볼 수 있다는 것만으로도 얼마나 가슴이 떨렸던가.

그가 자신에게 도움을 청한다는 말을 들었을 때는 얼마나 벅찼던가.

곤에게 보여주고 싶었다.

자신이 이만큼 성장했다는 사실을.

그를 다시 만날 수 있다는 생각에 심장이 심하게 뛴다.

“아, 곤은…….”

헬리온 백작은 곤이 어디로 갔는지 천천히 설명해 주었다.

코이의 얼굴이 점점 일그러졌다.

오크들은 병사들과 조금 거리가 있는 막사를 쳤다. 사실 막사라고까지 할 것도 없었다.

습기가 올라오지 않게 바닥에 대충 거적때기 몇 개를 깐 것이 전부였다.

인간들이 보기에는 문명이 낮아서 그렇다고 생각할 수 있겠지만, 그것이 오크들의 문화였다.

오크들은 그랑주리 정글에서 산다. 너무 위험한 곳이기에 막사를 칠 여유도 없었다.

적들이 나타나면 재빨리 그곳에서 벗어나야 한다. 당연히 막사를 치는 인간들과 같은 습성은 없었다.

영지민들은 오크들에게 쉽사리 말을 걸지 못했다.

아무리 그들이 자신들을 구해준 은인이라고 하더라도 오크는 이종족이었다.

특히 아이들은 오크들의 험상궂은 얼굴을 보며 울음을 터뜨렸다.

하여 서로가 약간의 거리를 둔 것은 어찌 보면 당연한 일이었다.

코이와 각 부족을 대표하는 오크들은 헬리온 백작과 식사를 같이 했다.

전쟁 중이라 식사라고 해서 만찬과 같은 화려한 것이 아니었다.

조촐하게 과일 몇 개와 구운 닭고기, 과일 정도가 다였다.

하지만 분위기가 가라앉은 것은 아니었다. 목숨을 걸고 서로를 도운 사이가 아니던가. 분위기는 화기애애했다.

"그런데 남은 적들의 숫자는 얼마나 되오?"

브루스가 코이에게 물었다. 그가 본 것은 대략 1만 명의 병사들이 꽁지가 빠지도록 도망치던 것과 오크들이 그들의 뒤를 쫓은 것이다.

오크들은 브루스의 시야에서 사라질 때까지 적들을 쫓았다.

모르긴 몰라도 대학살이 일어났을 확률이 높았다.

전쟁은 상대의 모든 것을 빼앗고 파괴하는 것이다.

재물, 여자, 생명까지. 그래서 전쟁에서 패한 쪽은 모든 것을 잃는다.

호전적인 오크들이 그것을 모를 리가 없었다.

"적의 본진에 얼마나 남아 있는지 모르지만 대략 3천 명 정도였어요."

"3천 명이라……."

브루수의 얼굴에서 화색이 돌았다. 적의 본진에 그 정도의 숫자가 남아 있다고 하더라도, 많이 쳐서 1만이 넘지 않을 것이다.

어쩌면 그 반 이하일 수도 있었다. 그 정도의 숫자로 성을 공략하기란 불가능에 가까웠다.

아군 병사는 대략 5천 명 정도가 남아 있었다. 더군다나 2천 명의 오크들도 합류했다. 성문을 열고 나가서 싸워도 된다.

이 싸움은—

헬리온 백작과 기사들은 주먹을 꽉 쥐었다.

이겼다.

적들은 이제 물러설 수밖에 없었다.

코이는 또 다른 영주인 헤즐러를 바라봤다. 곤은 헤즐러 자작 영지에 터를 잡았다고 하였다. 그 이유를 알 것 같았다.

"곤과 사이가 좋나요?"

코이가 헤즐러에게 물었다.

"네? 아, 네. 제 사부님이세요. 사부님과 친하세요?"

헤즐러도 코이가 이끌고 있는 오크들의 가공할 무력을 보았다. 그들은 곤의 부탁으로 그랑주리 정글을 떠나 먼 이곳까지 단숨에 달려온 것이라 하였다. 그것만으로도 코이에 대해서 흥미가 생겼다.

"친하죠."

언제나 얼음처럼 딱딱한 표정을 짓고 있던 코이지만, 헤즐러를 바라보는 눈빛은 무척이나 따뜻했다.

"우와, 우리 사부님은 정말 대단하세요. 사부님의 수하들도 엄청나게 강하거든요. 코이 님과 같은 분을 친구로도 두고 있고."

"헤즐러 님은 친구가 없으세요?"

"친구요? 네."

헤즐러가 시무룩하게 변했다. 생각해 보니 자신은 친구라고 부를 수 있는 사람이 없었다. 저택에는 아예 또래의 친구가 없다는 말이 정확할 것이다. 소년을 가르칠 사람이 아니면 모시는 자들뿐.

코이는 손을 뻗어 헤즐러의 머리를 쓰다듬었다. 헤즐러는 한 영지의 영주다.

아무리 어리다고 하더라도 그런 행동을 해서는 안 된다. 두 노기사 스톤과 에리크는 아무런 말을 하지 않았다.

코이는 곤의 친구였다. 더군다나 영지민 전체를 살린 영웅이기도 했다.

그것만으로도 융숭한 대접을 받아도 마땅했다. 괜한 인간들의 법도를 그녀에게 들이대 서먹해질 필요는 없었다.

헤즐러는 초롱초롱한 눈으로 코이를 바라봤다.

코이의 두 눈에서 물기가 맺혔다. 헤즐러의 두 눈빛까지 그 아이, 코일코를 닮았다.

내 사랑하는 동생, 코일코.

코일코가 가장 믿고 따랐던 곤.

그리고 코일코의 환생이라고 해도 믿을 정도로 분위기가 닮은 헤즐러.

곤, 당신은 이 아이에게서 무엇을 보고 있나요.

헤즐러는 어리둥절해졌다.

갑자기 코이가 눈물을 흘리는 이유를 도저히 알 수가 없었다. 식당에 앉아 있던 오크들과 사람들도 마찬가지였다.

*　　*　　*

카이로 공작은 남은 병사들을 보며 기가 찼다. 4만 5천의 최정예 부대가 패전을 했다.

지금 그가 눈앞에서 보고 있는 것은 3천 명도 안 되는 패잔병들이었다.

있을 수도, 믿을 수도 없는 일이 벌어진 것이다.

남은 병사는 3천 명과 아폴트 후작이 이끌고 있는 친위기사단 1천 명뿐이었다.

"빌어먹을……."

4천 명.

바실리스크 부대는 전멸, 빅 엘리펀트 부대는 90퍼센트 이상이 당했다. 쓸 수 있는 병력은 다 죽어가고 있는 3천 명의 보병뿐이었다.

"인정할 수 없어, 인정할 수 없다고!"

카이로 공작은 전장의 형세를 그려놓은 탁자를 뒤집었다. 탁자가 뒤집히며 위에 있던 모든 것이 바닥을 뒹굴었다. 그의 부관들은 고개를 숙인 채 아무런 말을 하지 못했다.

패배를 인정해야 한다는 것을 알지만, 도저히 그 말을 카이로 공작에게 할 수가 없었다.

카이로 공작은 실세 중의 실세. 구스타프 황제의 장인이 아니던가.

그때였다.

한 기사가 막사 안으로 다급하게 들어왔다.

"공작 각하, 공작 각하!"

그는 카이로 공작을 불렀다. 전세가 완벽하게 뒤집힌 상태에서 기사의 얼굴은 묘하게 밝았다.

"무슨 일이냐!"

아폴트 후작이 기사에게 버럭 소리를 질렀다.

"일단 나와 보셔야겠습니다."

"무슨 일이냐고 묻지 않았느냐!"

"믿을 수, 믿을 수 없는 일이 벌어졌습니다."

기사의 말에 막사 안에 있던 모든 사람이 밖으로 나왔다.

막사 앞까지 다가온 젊은 장군 한 명이 바실리스크 위에서 내렸다.

그는 카이로 공작을 보며 밝게 웃었다.

"아버님."

"포르카?"

"네, 아버님. 좀 늦었지만 이제야 합류하게 되었습니다."

"하하하하하하. 신은 아직 나를 버리지 않았구나!"

카이로 공작의 광소가 터졌다.

그가 왜 그렇게 웃는지 모르는 포르카는 고개를 갸웃거렸다.

아슬란의 해양도시 콴을 전멸시킨 2만의 특작부대가 카이로 공작의 부대와 합류를 한 것이다.

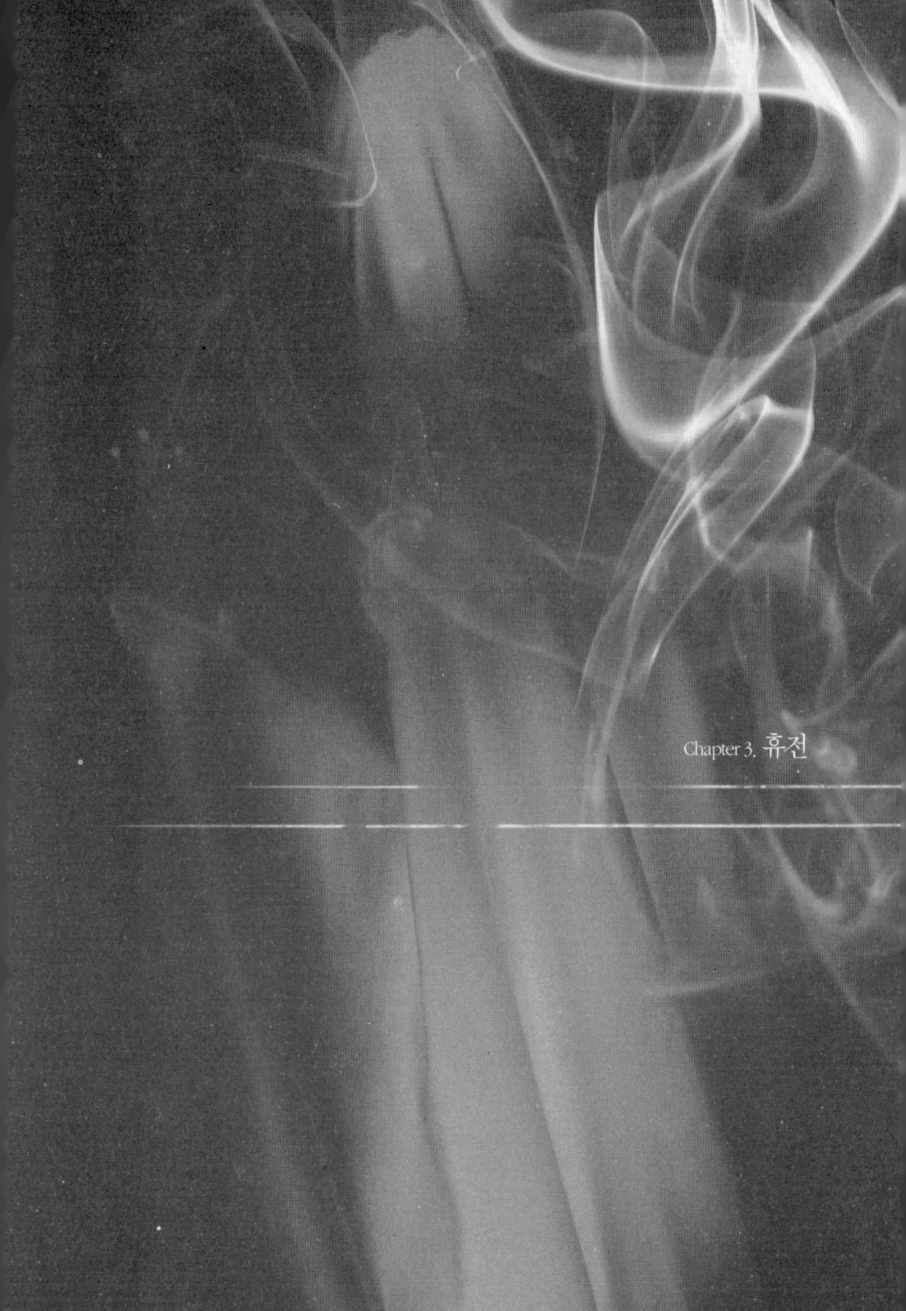

Chapter 3. 휴전

길고 길었던 지하수로가 끝났다.

린다맨은 마법을 사용해서 기사들의 몸에 밴 악취를 모두 제거했다. 악취로 인해서 적들에게 들키기라도 한다면 모든 것은 물거품처럼 사라질 테니까.

곤은 고개를 들었다. 창살로 된 하수구 입구가 있었다. 보통은 사람들이 그곳에 오물을 버릴 것이다.

하나, 늦은 시간이 오물을 버리는 사람은 없었다.

여기서부터가 중요하다.

곤은 덩치가 큰 쉐릭을 바라봤다. 처음 헬리온 백작의 성에서 출발을 할 때는 멀끔한 얼굴이었지만, 지금 그의 얼굴에는 수염이 가득했다. 다른 자들도 마찬가지였다.

이번 임무는 두 개로 조를 나눈다.

곤이 이끄는 기사들은 성을 침입하여 구스타프 황제의 목을 노린다.

쉐릭이 이끄는 기사들은 이목을 이끌기 위해서 성안에서 난동을 피울 것이다.

목적은 여자와 아이를 가리지 않는 무조건적인 살상. 그래야 적들의 이목을 훨씬 빨리 끌 테니까.

그들은 2시간을 그렇게 버틴 후, 성벽을 넘어서 도망을 치든, 지하수로를 통해서 도망을 치든, 성문 입구를 당당하게 나가든, 각자 알아서 도주를 하기로 하였다.

그들의 생존율은 1퍼센트 미만이라고 예상된다. 즉 백 명의 기사 중에서 한 명 정도만 살아남을 것이다. 그것도 운이 좋다면.

곤의 상황은 더욱 나빴다. 그와 기사들은 황제를 보호하는 친위기사단을 뚫고 들어가야 했다. 설사 황제의 암살에 성공하더라도 단독으로 이 거대한 도시를 탈출해야 하는 것이다.

200명의 기사 중에서 과연 몇 명이나 살아남을지 아무도 알 수가 없었다.

안다면 그것은 '신' 뿐이었다.

"살아남길 빌겠습니다."

곤은 쉐릭에게 손을 내밀었다. 쉐릭도 그의 손을 맞잡았다.

짧다면 짧은 시간이지만 같은 목표를 향해서 고된 생활을 함께했기 때문인지 그들은 진한 전우애를 느끼고 있었다.

"먼저 가겠습니다."

곤은 씽을 바라봤다.

씽은 손톱을 꺼내 철장을 깨끗하게 잘라낸 후 밖으로 나갔다. 씽은 올라오라는 손짓을 했다. 곤이 밖으로 나가고, 한 명씩 한 명씩 올라갔다.

인원수가 많기 때문인지 소리를 내지 않고 밖으로 나가는 일에도 상당한 시간이 소요됐다.

성내는 이상할 정도로 한산했다. 술에 취한 사람이 한두 명쯤은 있게 마련이지만, 이곳에서 그런 것도 없었다.

사실 곤이 모르는 것이 하나 있었다.

라덴 왕국에서 믿는 신은 중앙대륙에서 믿는 신과 달랐다.

이곳에서는 신의 율법에 의해서 술을 마시지 않는다. 술을 마시다 걸리면 혀를 잘라낸다. 그리고 일정 시간마다 태양이 있는 곳을 향해서 다섯 번의 절을 했다.

또한 라덴 왕국은 얼마 전까지만 하더라도 내전에 시달렸던 곳이었다.

아직 완전한 전제 왕권이 형성되지 않았다. 전쟁을 일으킨 이유도 수많은 기사들과 영주들의 힘을 빼기 위해서가 아니던가.

하여 구스타프 황제는 오후 9시가 넘으면 밖으로 외출을 일절 금지했다.

만약 밖에서 떠돌다 경비병에게 잡히면 반란을 꿈꾸는 몇몇 영주들의 간자로 치부되어 처형을 당했다.

그렇기에 성내의 거리는 적막이 감돌던 것이다.

"운이 좋은 건가. 어쨌든 가자."

곤은 기사들을 데리고 빠르게 나아갔다. 건물도, 거리도 생소하지만 오즈 덕분에 길을 알고 있었다.

그것은 쉐릭과 기사들도 마찬가지. 쉐릭이 먼저 관공서를 습격하면 계획은 시작될 것이다.

쉐릭과 기사들은 성내를 지키는 라덴 왕국 경비대 근처에서 멈췄다.

경비대는 성내에서만 스무 곳에 이른다고 한다. 친위기사대 역시 다섯 곳이나 된다. 그들이 연락만 한다면 성을 보호하고 있는 흡혈 군단이 두 시간 내에 들이닥칠 것이다.

흡혈 군단이 성안으로 들어오기 전에 모든 것을 끝내고 도주를 해야 했다. 곤이 무사히 황제의 성안으로 진입했기를 바라면서.

히잡을 쓴 쉐릭과 다섯 명의 기사가 경비대 입구를 향해서 걸어갔다. 2층짜리 건물이었는데, 경비대원의 숫자는 대략 백 명 안팎으로 보였다.

열 명 정도만 도망치게 만들면 된다. 다른 경비대에 연락을 해서 그들이 이쪽으로 오게 하기 위해서.

경비대 입구에서 경비를 서던 두 명의 경비원들이 쉐릭을 뒤늦게 발견했다.

이 시간에는 사람들이 없어야 한다. 위엄한 황제 폐하의 명이었다.

"이봐, 당신들 뭐야?"

경비원들은 금방이라도 칼을 빼들어 쉐릭의 목을 칠 것처럼 위협을 가하며 다가왔다.

순간—

경비원들의 목은 쉐릭의 검에 깔끔하게 잘려 나갔다. 경비원들은 동료들을 부르지도 못하고 목숨을 잃었다.

쉐릭은 등 뒤를 바라봤다.

약속된 행동.

남은 기사들이 경비대를 향해서 뛰어들었다.

그리고—

무자비한 살행이 시작되었다.

*　　*　　*

기가 막힌다는 말이 어떻게 생겼는지 알 것 같았다.

성벽 위에는 오직 고요한 정적만이 감돌고 있었다. 누구도 말을 꺼내는 사람은 없었다. 그저 두 눈을 동그랗게 뜨고 입을 벌린 채 전방을 바라볼 뿐이었다.

헬리온 백작도, 브루스 단장도, 기사들도, 병사들도, 오크들도.

그럴 수밖에 없었다.

며칠 전에 있었던, 믿기지 않는 대승. 적들은 궤멸을 하다시피 하였고 전쟁은 이제 막을 내리는 듯했다. 아무리 적들의 군세를 좋게 봐줘도 아군과는 상대가 되지 않았기 때문이었다.

정찰병에 의하면 아직 적들의 막사에서는 큰 움직임이 없다고 하였다.

하나, 그들이 곧 떠날 것이라는 데는 큰 의견이 없었다. 몇몇 호전적인 지휘관들은 기마병을 내어 도주하는 적들의 뒤를 쳐 끝장을 내자고도 말했다.

성안의 분위기도 나름 밝았다.

엄청난 숫자의 사상자가 있었지만, 전쟁에서 이겼다는 기쁨이 훨씬 컸다.

만약 전쟁에서 졌다면 살아남는 사람들은 거의 없다는 것을 모두가 본능적으로 직감하고 있었으니까.

그런데…….

헬리온 백작을 비롯하여 모두의 예상은 보기 좋게 빗나갔다.

아주 처참할 정도로.

"이, 이게 도대체 어떻게 된 일이지……."

브루스 단장은 눈앞에 펼쳐진 기가 막힌 장면을 보며 중얼거렸다. 적들의 습격을 알리는 종소리가 울릴 때까지만 하더라도 그는 적들을 비웃었다. 마지막 자살 공격이라도 하는 줄 알았다.

하지만 지금 그의 눈앞에는 족히 3만에 가까운 라덴 왕국군이 진을 치고는 공격 준비를 서두르고 있었다.

더군다나 적들은 진세는 완벽에 가까웠다.

그토록 두렵던 바실리스크 부대도 빅 엘리펀트 부대도 건재했다.

아니, 하나의 부대가 더 늘었다. 저것은 몬스터 중에서 상위 레벨을 차지하고 있는 샤벨 타이거였다. 샤벨 타이거 수백 마리 위에 적군들이 앉아서 조종을 하고 있는 것이 아닌가.

샤벨 타이거는 일반 병사들이 잡을 수 없었다. 놈들의 앞발 공격 한 번이면 일반 병사들은 물론이고 기사들의 중갑주도

한 방에 찢어버린다.

즉 샤벨 타이거 부대 하나만으로도 아군은 전멸을 당할 위험이 있었다.

뿌우우우우!

뿌우우우우우!

적들의 진영에서 고동 소리가 길게 울렸다. 공격 개시를 알리는 고동 소리였다.

고동 소리에 정신이 퍼뜩 든 헬리온 백작이 지휘관들을 향해서 소리쳤다.

"적들이 온다! 당장 방어 준비를 서둘러라!"

헬리온 백작의 호통에 지휘관들은 얼굴이 시뻘겋게 변해서 병사들에게 명령을 내렸다.

아무리 오크들이 합류를 했다고 하지만 공성전에서 그들의 힘은 크게 약해졌다.

오크들은 기마병들과 비슷한 성질을 가졌다. 그들은 전력으로 뛰어 적들의 중심을 타격했을 때 엄청난 힘을 발휘한다.

지금처럼 성안에 갇힌 상태에서 오크들의 힘을 요긴하게 써먹을 수가 없었다.

그렇다고 성문을 열고 적들과 교전을 벌이게 할 수는 없었다. 약간의 시간을 벌 뿐이지, 전멸은 기정사실이었다.

"코이 님도 준비해 주시오."

헬리온 백작은 코이를 향해서 정중하게 말했다.

"알겠어요. 저희는 백병전을 준비하겠어요."

"고맙소이다."

"별말씀을."

고개를 끄덕인 코이는 성벽 아래서 내려왔다. 그녀는 뒤따르던 오크에게 작게 속삭였다.

"제르겐."

"옛, 여왕 폐하."

"너는 전투가 벌어진 틈을 타서 헤즐러라는 아이를 데리고 성 밖으로 피신하라."

"그게 무슨 소리신지?"

제르겐은 고개를 갸웃거렸다.

그는 오크족을 통틀어 최강의 용자였다. 무적의 여왕이라 불리는 코이조차 그에게는 한 수 접어줄 정도였다. 용자들의 만장일치로 그는 코이의 최측근에서 여왕을 호위하는 역할을 했다. 자신의 목숨이 버리면서도 무조건 여왕을 보호해야만 했다.

여왕도 그것을 당연하게 여겼다.

한데 갑작스럽게 여왕의 곁을 떠나 인간 아이를 보호하라니. 제르겐으로서는 이해할 수가 없는 명령이었다.

"시키는 대로 하라."

"불가합니다. 저는 여왕님의 곁을 떠나서는 안 됩니다."

"명령이 아니라 부탁이다. 만약 네가 나의 부탁을 들어주지 않는다면 나는 평생 너를 원망할 것이다."

냉정한 성격을 가진 코이는 지금처럼 강력하게 자신의 의지를 제르겐에게 말한 적이 없었다.

제르겐은 잠시 침묵을 지켰다.

"시간이 없다. 부탁을 들어다오. 오크 최강의 용자여."

"후……."

제르겐은 길게 한숨을 내쉬었다. 그는 말을 이었다.

"그 아이를 안전한 곳에 데려다주고 오겠습니다. 그러면 되겠습니까?"

제르겐은 크게 양보를 했다. 코이도 이쯤에서 타협을 봐야 했다. 그녀는 제르겐에게 고개를 끄덕였다.

"그렇게 해주면 고마워."

"알겠습니다."

결정을 한 이상 시간을 끌 필요가 없었다.

서둘러 아이를 성 밖으로 탈출시키고 최대한 빨리 되돌아와야 한다. 자신이 없는 사이에 코이의 신변에 무슨 일이라면 생기면 그는 위대한 용자로서의 자긍심을 잃고 말 테니까.

제르겐은 성벽을 뛰어내린 후, 전력으로 달리기 시작했다.

질풍이라는 말은 이럴 때 사용해야 할 것이다. 그는 전마보다 빨리 엄청난 속도로 사람들의 시선에서 사라졌다.

코이는 사라지는 제르겐의 뒷모습을 잠시 바라본 후, 성벽을 천천히 걸어서 내려왔다.

아마도……. 곤을 보지 못할 것 같았다. 그를 돕기 위해서 최선을 다하겠지만, 적들의 군세가 상상을 초월했다. 이제껏 그녀가 봤던 어중간한 군세와는 상식의 궤를 달리했다.

그렇다면……. 그녀는 최선을 다해서 싸울 뿐이다. 오크는 결코 뒤로 물러나지 않으니까. 인간들이 보기에 괜한 개죽음일 수도 있었다.

하지만 코이는 그렇게 생각하지 않는다. 오크는 긍지 높은 종족. 비록 상황이 이렇게 됐지만 오크는 친구를 위해서 목숨을 버리는 일쯤은 아무렇지도 않게 생각한다.

그 친구를 볼 수 없어서 무척이나 아쉬운 것만 빼고는.

"자, 그럼 멋지게 죽으러 가볼까."

전투가 시작되었다.

성벽 위에서, 성벽 아래서, 궁수들이 지휘관들의 명령에 따라 화살을 쏘아 올렸다.

화살은 하늘을 새까맣게 가득 메웠다. 수천 발이 넘는 화살들이 연속으로 발사가 되며 성을 향해서 엄청난 속도로 진군을 하고 있는 라덴 왕국군의 머리 위로 떨어졌다.

수백 명이 화살에 맞아서 쓰러졌다.

방패를 들어 올려 화살을 막았지만 그 숫자가 너무도 많았다.

어떤 병사의 방패 위에는 화살만 수십 발이 꽂히기도 했다.

그럼에도 병사들은 뜀박질을 멈추지 않았다.

라덴 왕국군은 부대의 전진을 돕기 위해서 예전처럼 빅 엘리펀트 부대를 공성병기로 사용했다. 빅 엘리펀트들이 쏘아대는 바위들은 순식간에 수십 명이 넘는 사상자를 만들었다.

그중에서 압권은 바실리스크 부대가 아닌 샤벨 타이거 부대였다.

샤벨 타이거에게 화살은 거의 통하지 않았다.

워낙 가죽이 두꺼워 대부분이 화살들이 튕겨져 나갔다. 샤벨 타이거를 잡기 위해서는 그 몬스터를 조종하고 있는 적의 기사를 맞춰야 했다.

수만 발의 화살이 날아가는 동안 겨우 두 마리. 샤벨 타이거를 쓰러뜨렸을 뿐이었다.

샤벨 타이거는 라덴 왕국군 중에서도 가장 빨랐는데 그 속도가 전마의 몇 배에 달했다.

샤벨 타이거 부대는 라덴 왕국군 중에서 가장 빨리 성벽에 도착했다. 놈들은 크게 도움닫기를 하더니 단 한 번의 도약으로 성벽 중간까지 다다랐다. 거기서 멈추지 않았다. 놈들은 강력한 각력과 발톱을 이용해 성벽을 잡고는 다시 한 번 뛰어 올랐다.

드디어—

샤벨 타이거들이 성벽 위에 올라섰다.

"적이다! 적이 성벽에 올랐다!"

기겁한 병사들이 창을 휘두르며 소리쳤다.

그러나 병사들의 창은 샤벨 타이거에게 닿지도 않았다. 몬스터가 휘두른 앞발에 창과 함께 인간의 육신이 산산조각이 나며 흩어졌기 때문이었다.

다시는 꾸고 싶지 않은—

악몽의 전초전이었다.

*　　*　　*

구스타프 황제의 성 입구.

성내가 갑자기 웅성거렸다. 성문이 열리며 상당한 인원의 병사와 기사들이 빠져나가 어딘가로 다급하게 달려가기 시작했다.

그들이 왜 빠져나가는지는 곤은 충분히 알고 있었다. 지금 그의 눈에 보이는 자들은 성문을 지키는 몇몇 병사들뿐이었다.

"바람의 칼날."

곤이 주문을 외웠다. 한줄기 바람이 곤과 기사들을 지나쳤다. 눈에 보이지도, 귀에 들리지도 않는 바람은 수십 개로 늘어나더니 성문을 향해서 날아갔다.

바람의 칼날은 성문을 지키던 병사들의 몸을 순식간에 수십 조각으로 나눴다. 그들은 비명도 지르지 못하고 절명하고 말았다.

곤이 뛰기 시작했다. 그의 뒤를 100명의 기사가 쫓는다.

"지금부터 구스타프 황제를 잡을 때까지 절대로 멈추지 않는다."

"예!"

기사들은 짧게 대답했다.

곤이 부적 한 장을 허공에 던졌다. 부적은 스스로 타오르더니 재가 되어 흩어졌다. 그러자 술법이 자동으로 발동한다.

하나는 10미터 크기의 회오리바람, 또 하나는 화염의 장막.

회오리바람은 화염을 흡수했다. 강력한 불의 바람이 된 회오리가 성문을 향해서 빠르게 날아갔다.

재앙술 파이어 스톰.

파이어 스톰은 성문을 정통으로 가격했다.

구스타프 황제는 언제나 암살에 시달렸다.

대영주를 모두 죽였지만, 아직 내전이 완전히 종식되었다고 보기 어려웠다. 그렇기에 공포정치를 펼치는 것이다.

그는 자신의 암살을 막기 위해 2중, 3중으로 성을 보호했다.

어지간해서는 성 밖을 나가는 일도 없었다. 당연히 성은 엄청난 방어 마법으로 둘러싸여 있었다.

성문 역시 마찬가지.

성문을 깨기 위해서는 최소 5서클 이상의 공격 마법이 필요했다.

하지만 곤이 펼치는 술법은 마법이 아니었다. 그는 샤먼, 최강의 샤먼이다.

마법과 완전히 다른 힘을 가진 술법이 성문을 강타했다.

쿠쿠쿠쿠쿵!

성문은 거대한 폭발을 일으키며 단숨에 깨져 나갔다.

수십 명의 마법사들이 공을 들여 만들었을 영구적인 방어 마법이었다. 마법을 걸었던 마법사가 이 광경을 봤더라면 개탄을 금치 못했을 것이다.

이토록 허무하게 깨지도록 만들어놓은 성문이 아니었는데.

곤과 기사들은 곧장 성문 안으로 들어섰다. 성문 안쪽은 거대한, 크기를 짐작도 할 수 없을 만큼 거대한 그랜드 홀이었다. 곳곳에 석상들이 가득했다.

중앙대륙과는 상당히 다른 양식의 석상들이었다. 아마도 이곳의 신을 형상화한 석상인 듯했다. 중앙대륙의 신들은 아름다운데……. 이곳의 신들은 하나같이 무섭게 생겼다.

바닥은 대리석이었고 천장에는 돈으로 처바른 듯한 샹들리에가 반짝거렸다.

특이한 점은 어디에도 창문이 보이지 않는다는 것이다.

아마도 적들의 침입을 막기 위해서일 것이고, 혹은 침입한 적을 탈출하지 못하게 막기 위해서일지도 모르겠다.

곤은 정면을 응시했다.

요란한 갑옷을 입은 수백 명의 기사들이 검을 어깨에 올리고는 웃고 있었다.

곤과 백 명의 기사들에 대해서는 별로 신경을 쓰지 않는 눈치였다.

곤은 그들을 훑어봤다. 대략 숫자는 삼백 명, 모두 초일류 기사들이었다. 마나를 숨 쉬는 것처럼 자유자재로 사용한다.

그중에서도 중앙에서 사자, 호랑이, 늑대의 형상을 한 갑옷을 입고 있는 자들은 특히 더 강했다. 아마도 저 세 명이 지휘관일 것이다.

사자의 갑옷을 입고 있는 거구의 사내가 곤을 향해서 손을 흔들었다.

무척이나 재미난 것을 발견한 표정은 아직도 변하지 않고 있었다.

"어서들 와. 여기까지 오느라 수고가 많았어."

곤은 대답하지 않았다. 그렇다고 달리는 속도를 늦추지도 않았다.

그는 귀를 열고, 눈을 뜨고, 오감을 활짝 열며 환경의 변화를 빠짐없이 체크했다.

이곳 그랜드 홀에는 저들밖에 없다.

"어이, 왔으면 대답이라도 해야지. 하아, 잡것들, 예의가 없구만."

신장은 크지만 무척이나 마른, 호랑이 갑옷을 입고 있는 사내가 입술을 뒤틀었다. 그렇지만 그 역시 긴장을 하는 모습은 아니었다.

"어우, 쟤네들 눈깔 봐. 여기서 죽겠다는 의지로 똘똘 뭉친 눈빛들이네. 오호홍, 재밌어라."

"그러게. 열혈 청년들이야. 나는 반드시 목적을 완수하겠어. 목숨을 걸고서라도, 그런 눈빛. 오랜만에 보네. 저런 잡것들."

그들은 달려오는 곤과 기사들을 향해서 대놓고 비웃었다.

그럼에도 곤은 멈추지 않았다.

지금은 시간과의 싸움이었다. 1분, 아니, 1초라도 허비할 수가 없었다.

"퍼쉬, 체일, 불킨, 앞으로 나서라."

"예, 마스터."

식신들이 곧바로 곤의 옆에 따라붙었다.

"너희는 상급 기사와 하급 기사들을 지휘하여… 적들을—"

"적들을—"

퍼쉬, 체일, 불킨은 곤의 끝말을 반복했다.

"섬멸하라."

씨익—

"존명."

상층부에는 얼마나 많은 적이 있는지 알 수가 없었다.

당연히 최대한의 병력을 데리고 상층부로 가야 한다. 하지만 눈앞에 상대를 좌시할 수는 없었다.

놈들은 초일류 기사들. 하급 기사들로는 상대를 할 수가 없었다.

상급 기사들만이 대등하게 겨룰 정도였다. 물론 무장도 대동소이하다. 아군도 마법 무기로 무장을 했지만, 적들도 마찬가지였다.

역시 황제를 보호하는 기사단이라고 할 만하다. 1층을 지키는 것으로 봐서는 최하급 기사일지도 모르지만. 어쨌든 중요한 전력인 식신들을 이곳에 남겨야만 했다.

사자, 호랑이, 늑대의 갑주를 입은 기사들 때문이었다. 상급 기사와 하급 기사들로만 저들과 겨루게 한다면 저 세 명으로 인해서 10분이면 전멸을 하고 말 테니.

"가라."

"존… 명."

식신들이 길을 열기 위해서 앞으로 튀어나갔다. 곤의 명령이 떨어졌을 때부터 그들은 당장 튀어나갈 전마처럼 흥분하고 있었다.

그들의 눈동자가 서서히 광기로 바뀌어갔다. 입을 벌렸다. 날카로운 송곳니가 또렷하게 보였다.

"우하하하하! 마스터의 명령이 떨어졌다. 저 사자는 내 거야!"

불킨이 외쳤다.

"입맛이 돌아, 입맛이. 야들야들할 것 같아. 미치겠네."

퍼쉬도 외쳤다.

"오늘은… 오랜 만에 포식이다."

체일이 입술로 혀를 핥았다.

그들은 인간의 피가 없으면 살 수가 없었다. 피를 마시지 않으면 조금씩 조금씩 약해져 언젠가는 소멸이 되고 만다.

하여 곤은 그들에게 악당들을 찾아내서 흡혈을 할 수 있도록 허락했다.

예전에는 어느 정도 흡혈을 할 여건이 있었다. 하지만 영지전이 끝나고 나서는 흡혈을 할 수가 없었다. 신기하게도 영지에는 악당이라고 할 만한 자들이 모조리 사라졌기 때문이었다.

그들은 조금씩 약해졌다. 그렇다고 누군가를 습격하거나

하지는 않았다. 그저 주린 배를 꽉 잡고 참을 뿐이었다.

마스터의 명령은 지엄한 것. 신보다, 부모보다 우선한다.

그러나 지금 마스터의 명령이 떨어졌다.

평범한 개도 며칠을 굶기면 광견이 되고 만다. 하물며 식신들은 흡혈에 대한 욕망이 최고조로 심장부터 머릿속까지 모조리 메우고 있었다.

그들은 광기를 폭발시켰다.

식신들의 등에서 기괴한 날개들이 뻗어 나왔다. 날개는 검고 흉측했으며 뼈로 만들어진 듯했다.

"뭐, 뭐야? 저것들. 인간이 아닌가?"

그제야 적들이 얼굴에서 웃음이 사라졌다. 설마 인간도 아닌, 한 번도 생각해 본 적도 없는 기괴한 존재가 나타날 것이라고 생각해 보지 못한 것이다.

식신은 샤먼 고유의 술법.

이곳에 오크가 없는 이상, 아니, 샤먼이 없는 이상 한 번도 본 적이 없었겠지.

식신들의 얼굴이 반으로 갈렸다. 턱이 양옆으로 쫙 갈라지자 삼각형의 무수한 이빨이 모습을 드러냈다. 어떤 인간도 그들의 모습을 보고서는 이성을 유지하지 못하리라.

"카하하하하! 맛있게 먹겠습니다!"

불킨은 가장 선두에 서 있던 기사의 머리를 순식간에 집어 삼켰다.

초일류의 실력을 가진 기사는 제대로 된 반항 한 번 해보지 못했다.

마법 갑주를 입었지만, 마법검을 가지고 있지만 무엇도 사용할 수가 없었다.

우드드득—

불킨은 입을 허공으로 들었다. 기사의 척추가 통째로 딸려서 나왔다.

불킨이 양손을 척추가 뽑힌 기사의 등허리로 쑤셔 박았다. 기사의 시체가 반으로 갈라졌다. 내장이 한꺼번에 바닥으로 떨어졌다. 반으로 갈라진 기사의 육체는 불킨의 거대한 입으로 사라졌다.

정결했던, 어쩌면 고귀했던 그랜드 홀 안에 피 냄새가 사방으로 퍼졌다.

이런 광경—

누구도 보지 못했을 것이다.

혹여 이곳에 몬스터들을 전문으로 사냥하는 헌터가 있다면 모르지만.

적들의 온몸이 경직되었을 때, 체일과 퍼쉬가 뛰어들었다.

그들은 딱딱하게 굳어 있던 기사들의 심장을 통째로 파먹었다.

"우하하하하하! 이거야! 이거라고!"
광기는 극에 달했다.
"서두르자."
그들 사이로 곤이 달렸다. 씽과 안드리안, 카시어스, 데몬 고르곤이 곤의 뒤를 바짝 쫓았다. 표정 하나 변하지 않고.
그들은 너무도 신속하게 적들의 사이를 지나쳤다. 누구도 그들을 잡지 못했다.
"모두 죽여!"
게론이 소리쳤다. 기사들은 아직 정신을 차리지 못하고 있는 적들을 들이쳤다.

*　　*　　*

2층으로 올라가는 길은 쉬웠다.
어떤 방어 마법도 펼쳐져 있지 않았다. 함정 같은 것도 보이지 않았다.
구스타프 황제의 성격을 대충 알 것 같았다.
아마도 그는 이 아름다운 성 안에 조잡한 함정 같은 것을 심어놓고 싶지는 않았겠지.
이 성은 그만의 안전지대이자 완벽한 지배가 펼쳐지는 곳.
마법으로 가드를 하는 것은 외벽이면 충분하다고 여겼을

것이다.

그리고 라덴 왕국을 대표하는 강자들로 득실대는 곳이기도 하다.

"역시……."

곤은 코웃음을 쳤다. 예상은 한 치도 틀리지 않았다. 2층은 1층의 그랜드 홀과는 완전히 달랐다.

마치 식물원을 옮겨놓은 것만 같았다. 거대한 나무부터 인간을 잡아먹을 수 있는 식물까지.

꽃향기가 가득한 신천지였다. 놀랍게도 건물 안에 작은 폭포까지 만들어놓았다. 천장의 높이는 30미터에 이르렀다.

이렇게 멋진 식물원, 아니, 정원에 길은 딱 하나였다. 정면으로 나 있는 길, 샛길은 보이지 않았다.

그리고 곤의 정면에는 두 명의 기사가 그들을 가로막고 있었다.

"오오옹, 놀라워. 1층을 돌파했나 벼."

등에 열 개의 검을 차고 있는 사내가 팔짱을 낀 채 신기한 듯 바라봤다.

"흥, 통과했을 것 같나. 그곳에는 그들이 있는데. 아마도 저들은 대규모로 이곳에 침입했을 것이다. 그들에게 수하들을 맡기고 저들만 2층으로 올라온 셈이지."

엄청난 거구, 등에는 상식적으로 들 수가 없을 것 같은 거대한 검을 차고 있는 사내가 이죽거렸다.

이들 역시 전혀 긴장을 하는 모습이 보이지 않았다.

"오호라, 그러니까 소수 정예란 말이구나. 그렇다면 침입자들 중에서 저들이 가장 강하겠네?"

"뭐, 그렇다고 봐야겠지."

"헤헤, 재밌겠다. 이거 얼마 만에 몸을 푸는 거야? 제발 3초식이라도 버텨줬으면 좋겠다."

"헛소리, 우리는 황제 폐하를 보호하는 수호 기사. 절대로 방심을 해서는 안 돼. 당연히 장난으로 상대해서도 안 되고."

"에이, 알아, 알아. 그놈의 잔소리는. 자, 그럼 몇 명이나 내 기술에 살아남는지 알아볼까."

키 작은 기사가 어깨를 들썩거렸다.

그러자 열 개의 검이 살아 있는 것처럼 튀어나와 허공에 둥둥 떠올랐다.

검 하나하나가 최상급의 마법 무기였다. 어떤 마법이 걸려 있는지는 오직 본인만 알 뿐, 상대는 마법검의 마법을 알아차리기도 전에 목이 잘리고 말 것이다.

열 개의 검을 다루는 기사라니…….

"자, 나는 십검왕 조지라고 한다. 죽기 전에 이름이나 알아둬라."

챙—

거대한 사내가 자신과 똑같이 거대한 검을 한 손으로 움켜쥐었다.

"나는 폭렬왕 션이다."

그들에게서 무시무시한 투기가 발산되기 시작했다. 2층 식물원 전체가 울릴 정도로 강력한 투기였다. 식물들이 놀라서 저절로 움츠러들 정도였다.

그러나—

그들을 보고도 놀라는 사람은 없었다.

"형님, 이번에는 제가 가겠습니다."

"나도."

씽과 안드리안이 앞으로 나섰다.

챙—

씽의 손가락에서 열 개의 강력한 손톱이 튀어나왔다. 그의 손톱은 예전이나 지금이나 엄청난 강도를 자랑한다. 또한 부러져도 얼마의 시간이 지나면 재생한다. 비록 마법검은 아니지만 그 정도쯤은 가볍게 상쇄할 능력이 있었다.

그리고 씽은 예전의 그가 아니었다.

데몬고르곤과 수많은 대련을 하며 빠르게 강해졌다. 육탄전에서는 곤과 데몬고르곤을 제외하고는 자신을 이길 수 있는 존재는 없다고 자부한다.

아! 딱 한 놈.

볼튼, 그 개새끼만 빼고.

그를 만나게 되면 형님이 허락만 해준다면, 놈의 목은 자신이 딸 것이다.

그전에 저놈부터 해치우고.

안드리안도 거대한 검을 한손으로 움켜쥐었다. 그녀 역시 수련에 수련을 거듭하여 상식을 초월할 정도로 강해졌다.

과거에는 대륙에서 다섯 손가락 안에 드는 여기사라는 소리에 만족했지만, 지금은 아니었다.

다섯 손가락 안에 드는 여기사 아니라, 다섯 손가락 안에 드는 기사가 될 것이다.

그리고 힘에서라면 어떤 누구에게도 지고 싶지 않았다.

안드리안이 지향하는 것이었다.

"가자고, 씽."

안드리안과 씽은 십검왕 조지와 폭렬왕 선이라는 초강자와 정면으로 맞붙었다.

쿠쿠쿠쿠쿵!

강렬한 폭음이 터지며 사방으로 빛이 터져 나갔다. 그 사이를 곤과 카시어스, 데몬고르곤은 빠르게 지나쳤다.

곤은 씽과 안드리안을 슬쩍 바라봤다.

씽과 안드리안은 오크를 제외하면 이 세상에 처음 만난 존재들이었다. 씽이 없었으면 곤은 정글에서 죽었을지도 모르고, 안드리안이 없었다면 인간 세상 어딘가에서 쓸쓸하게 쓰러졌을지도 모를 일이었다.

그들은 곤에게 소중하다.

하지만 그가 나서서 씽과 안드리안을 도울 수는 없었다.

최대한 빨리 상층으로 올라가 황제를 잡아야 했다. 그것만이 모두가 사는 길이었다.

부디 씽과 안드리안이 저들에게 쓰러지지 않기를 바랄 뿐이었다.

3층으로 올라갔다.

2층으로 올라오는 길과 마찬가지로 어떤 함정도 보이지 않았다.

3층은 1, 2층과는 다르게 음침하고 어두웠다. 수백 개의 유리관 안에는 용도를 알 수 없는 어떤 액체와 더불어 기괴하게 생긴 생명체가 갇혀 있었다.

양의 머리, 인간의 몸.

뱀의 팔과 다리, 리자드맨의 몸, 그리고 인간의 머리. 등등.

그들은 눈을 껌벅거렸다. 모두 살아 있다는 증거였다.

"헐."

카시어스가 혀를 찼다.

"아는 곳인가?"

데몬고르곤이 물었다.

"아는 곳이라기보다는 어떤 형태의 연구실인지 알 것 같아서."

"무엇이지?"

"신의 생명을 이따위로 다루는 존재는 대륙에서 한 부류뿐이지. 바로 다크 메이지들."

카시어스는 눈살을 찌푸리며 말했다.

아니나 다를까.

유리관 너머로 검은 후드를 눌러썬 다크 메이지들이 속속 모습을 드러냈다.

그 수는 모두 열 명. 그들에게서 느껴지는 어둠의 포스는 엄청났다.

카시어스가 느끼기에 최소 6서클 이상의 고위 다크 메이지들이었다.

"놀랍구나. 하찮은 인간들이 이곳까지 오다니."

족히 수백 살은 먹은 듯한, 얼굴에 주름이 가득한 노인은 음산함이 가득 깃든 목소리로 읊조렸다.

"까고 앉아 있네. 너희들 먼저 가. 아무래도 여긴 내가 맡아야겠다."

카시어스는 다크 메이지들을 향해 콧방귀를 끼며 말했다.

"죽지 마."

카시어스를 향해 곤은 짧게 말했다.

"당연하지. 난 카시어스라고."

그녀는 입술 끝을 비틀었다.

고개를 끄덕인 곤과 데몬고르곤이 다크 메이지들을 향해서 정면으로 날아들었다. 뒤로 빠진 카시어스가 처음으로 멈췄다. 그녀는 곧바로 주문을 외웠다. 상상을 초월하는 마나가 그녀에게 몰려들기 시작했다.

만약 이곳에 린다맨이 있었다면, 카시어스를 보며 기절을 했을지도 모를 일이었다.

그는 카시어스가 자신보다 높은 수준의 마법사인 걸 알지만, 이 정도까지 대단한 초고위급 마법사인지 상상도 하지 못하고 있으니까.

"더러운 잡종들, 모조리 불태워주마. 헬 파이어!"

어마어마한 힘을 가진 불의 마법이 다크 메이지들을 향해서 날아갔다.

다크 메이지들의 두 눈이 커다랗게 변했다. 설마 상대에게서 이토록 강력한 마법이 터질 것이라고는 생각도 못했던 모양이었다.

콰콰콰콰콰콰쾅!

거대한 폭발이 일어나며 성 전체를 들썩이게 만들었다. 오랜 시간 연구를 했던 연구실에 수많은 자료가 한꺼번에 불타

버렸다.

“상대는 초고위급 마법사다! 젠장, 모두 깨워라!”

다크 메이지의 수장이 외쳤다. 그와 동시에 수백 개의 유리관이 동시에 깨졌다.

안에 있던 키메라들이 기괴한 비명을 지르며 깨어났다.

작게는 1미터, 크게는 5미터에 달하는 수백 마리의 키메라들이 카시어스를 향해서 덤벼들었다. 카시어스는 사라져 가는 곤과 데몬고르곤을 향해서 빙긋 웃으며 말했다.

“정말 많군. 최상급의 다크 메이지 열 명과 수백 마리의 키메라라. 아무리 나라도 이건 무리지. 이봐, 친구들, 나 죽기 전에 서둘러 황제를 해치우라고.”

어전.

황제가 기거하는 곳은 그랜드 홀에 비견될 정도로 엄청나게 넓었다.

고급스러운 새하얀 대리석으로 모든 것을 도배했다. 그 외에는 아무것도 없었다. 오로지 높은 단상 위에 황제가 앉을 수 있는 황금으로 된 어탑만이 존재할 뿐이었다.

어탑에 앉은 구스타프 황제는 의외로 젊었다. 아무리 많게 보아도 이십 대 중반 정도로밖에 보이지 않았다. 그는 거만하게 누워 곤과 데몬고르곤을 깔보듯이 바라봤다.

"놀랍군. 짐이 있는 곳까지 올 수 있는 자객이라니. 성의 설계를 잘못한 것인가."

구스타프 황제는 이해가 가지 않는다는 듯이 중얼거렸다.

"성을 설계한 자를 곧 잡아 대령하겠습니다."

2미터가 넘는 거구의 사내가 허리를 90도 가까이 꺾어 구스타프 황제에게 속삭이듯 말했다. 그는 황금색으로 빛나는 갑주를 입고 있었고, 황제의 앞에서 칼을 차고 있었다.

그리고 어탑 밑에는 그와 같은 황금색 갑주를 입고 있는 스무 명의 사내가 어마어마한 기도를 발산하며 동상처럼 서 있었다.

"그럴 필요까지는 없소. 그냥 알아서 처리하시오. 대신 다른 성을 지을 설계자를 찾으시오, 프로코스 장군."

"알겠습니다. 폐하."

"그리고… 내 성을 이렇게 만든 저들을……."

"어찌할까요? 폐하."

"배경을 알아봐야 하니… 팔과 다리만 잘라서 내 앞으로 데려오시오."

"알겠습니다. 폐하."

프로코스는 구스타프의 제1신하였다. 그리고 라덴 왕국 최강의 기사이기도 했다. 허리를 숙인 채 뒤로 물러난 그는 천천히 어탑을 내려왔다. 그리고 스무 명의 기사들 사이에 섰다.

어탑에서 내려온 그에게서 이제껏 볼 수 없었던 상상을 초월하는 투기가 발산되었다.

곤과 데몬고르곤의 얼굴이 일그러질 정도로 강력하다.

프로코스와 기사들이 압도적인 기세를 내뿜으며 곤과 데몬고르곤에게 다가왔다.

"저들을 잠시 동안 상대할 수 있겠어?"

곤은 데몬고르곤에게 물었다.

"얼마나?"

"1분."

"충분해."

데몬고르곤 역시 막강한 투기를 내뿜었다. 서로의 투기가 맞부딪치며 어전을 마구 뒤흔들었다.

그들의 경천동지할 사투가 시작되었다.

곤은 차분히 내공을 불러일으켰다. 지금은 데몬고르곤과 함께 적들을 맞이할 때가 아니었다.

그는 샤먼.

사상 최강의 술법을 준비한다.

잠시 후.

어떤 상대도, 1만 군대도 충분히 막아낼 수가 있다고 자부했던 구스타프 황제의 성이—

콰콰콰콰콰콰쾅!

반으로 쪼개지며 무너져 내리기 시작했다.

*　　*　　*

코이는 주변을 둘러봤다. 온통 적이었다. 그를 호위하던 용자들도 모두 죽었다. 오직 자신 혼자만 남은 것처럼 느껴졌다.

그래도 그녀는 포기하지 않는다. 최선을 다해서 적과 맞서 싸울 뿐이었다. 그렇지만, 투지만으로 맞서기에는 적의 군세가 너무도 막강했다.

"포기하지 마라! 물러서지 마!"

헬리온 백작의 수하 기사들이 병사들을 독려했다.

그러나 이미 무너진 전열은 다시 세울 수가 없었다. 빅 엘리펀트에 맞아서 무너진 성벽으로 적들이 해일처럼 밀려들고 있었다.

전멸은 시간문제였다.

"크흑, 이럴 수가."

헬리온 백작은 피투성이가 된 체 소울 브레이크를 휘둘렀다.

적을 베고, 베고 또 베도 끝이 보이지가 않았다. 사방은 온통 적군일 뿐, 아군은 거의 보이지 않았다.

그는 나라를 지키는 장군이자 귀족이다. 전쟁터에서 죽는 것은 명예롭고 영광스러운 죽음이었다.

하지만—

남은 영지민들이 죽는 것은 뼈에 사무칠 정도로 가슴이 아팠다.

아무 죄도 없는 사람들인데……. 그저 이곳에 있었던 이유만으로 잔인하게 죽음을 맞이할 것이다.

미안하다.

모두들.

헬리온 백작은 이를 악물었다. 죽을 때 죽더라도, 한 명이라도 적들을 더 베어 지옥으로 데려갈 생각이었다.

그때였다.

뿌우우우우—

뿌우우우우우우—

적의 진영에서 긴 고동 소리가 들렸다.

동시에 라덴 왕국의 병사들이 어리둥절한 표정을 지었다. 이게 무슨 소리냐, 라는 표정들이었다.

"후퇴! 어서 후퇴하라!"

적의 지휘관들이 다급하게 소리쳤다. 그제야 병사들은 떨떠름한 표정을 지으며 물러나기 시작했다. 라덴 왕국군은 썰물이 빠지듯이 성을 벗어났다. 그토록 맹위를 떨치던 샤벨 타이거 부대와 함께.

"뭐, 뭐야?"

간신히 살아남은 헬리온 백작의 병사들은 서로를 쳐다보았다. 살았다는 실감보다는 믿기지 않는다는 얼굴들이었다.

"적군이, 적군이 철수합니다."

성벽에 섰던 누군가가 외쳤다.

적군이 철수한다?

승리를 코앞에 두고?

그 이유는 딱 하나밖에 없었다.

"곤!"

헬리온 백작은 주먹을 꽉 쥐었다. 적군이 본국으로 철수할 이유는 그것 외에는 없었다.

불가능한 작전을—

곤은 성공했다.

Chapter 4. 따뜻한 오후

곤의 목적은 이것이다. 이것을 위해서 번거로운 일도 마다하지 않았다.

"그래요. 약속을 지키셨으니 말씀드려야죠. 충격을 받지 않으셨으면 좋겠네요."

"그런 일은 없을 겁니다. 고향으로 돌아가기 위해서는 지금 무엇이든 할 겁니다."

"[illegible] 이레의 여자예요."

"[illegible]"

"[illegible] 지구에 갔[illegible]"

"[illegible]"

"네. 잘 생각해 보세요. 누군가에게 강력한 원한을 산 적이 없는지……."

곤은 이 세계에 떨어진 이후 [illegible] 생각해 보았다. 워낙 많은 일이 일어서 [illegible] 수가 없었다. 그러는 [illegible] 생명을 잃어 [illegible]

"글쎄요."

"당신에게 저주를 내린 사람은 헤이나라는 여자입니다."

"헤이나?"

"잊어버렸나요? 당신이 죽인 기사의 아내."

"아!"

그제야 자신을 속이고 [illegible] 유인했던 여자가 떠올

곤과 기사들은 금의환향했다.

불가능한 임무를 완수했으니 당연한 일이었다. 덕분에 아슬란 왕국은 위기에서 벗어났다.

헬리온 백작 영지만 위기에 처했던 것이 아니었다. 다른 두 개의 부대가 곳곳에서 아슬란 왕국의 영토를 유린하고 있었으니.

만약 모든 부대가 수도 예슐란에 도착했다면 상황은 어떻게 변했을지 모를 일이었다. 최악의 경우 멸망도 각오해야 했다.

그런 상황을 극적으로 모면하게 된 것이다.

"와아아아아! 구국 영웅들이다!"

"와아아아아! 너무 고맙습니다!"

곤과 기사들은 성문으로 들어섰다. 몰골은 초췌했지만 표정은 무척이나 밝았다.

살아남은 기사들의 숫자는 무려 140명. 한두 명만 생존해도 기적이라고 했을 터였다. 그런데 자그마치 140명이라니.

성문을 들어서고 있는 기사들을 보고 있는 헬리온 백작도 두 눈으로 보고도 믿지 못할 지경이었다.

"도, 도대체 어떻게?"

곤과 기사들이 살아 돌아온 것은 분명 기쁜 일이었다. 하나, 현실적으로 저것은 말이 되지 않았다. 140이나 되는 기사들이 적국의 수도, 그것도 황제를 암살하면서 저토록 많이 살아남다니.

"곤!"

헬리온 성을 향해서 걷고 있던 곤 앞을 코이가 막아섰다.

"코이?"

"그래, 나야."

"하하, 너도 있었군."

곤은 부드러운 표정으로 코이에게 미소를 지었다. 코이는 곤에게 성큼성큼 다가왔다. 그러고는 주먹을 들어 곤의 배를 강하게 쳤다.

곤은 허리를 굽혔다. 그만큼 코이의 주먹은 인정사정없었다.

"아프냐?"

코이가 물었다.

"당연하지."

"나도 아프다."

코이는 허리를 편 곤을 안으며 말을 이었다.

"보고 싶었어, 곤."

곤도 코이를 안았다.

사람들이 보기에 오크의 외모는 못생기고 살벌하다. 아무리 코이가 오크의 여왕이라고 하더라도 마찬가지였다.

하지만 곤과 코이가 안은 모습에서는 어떤 이상함도 발견하지 못했다.

오히려 그들에게선 따뜻함이 느껴졌다. 사람들은 자신도 모르게 흐뭇한 미소를 지었다.

모든 기사가 가족 품으로 돌아갔다. 그들이 라덴 왕국에 잠입한 동안 죽은 가족들도 상당수였다. 어떤 기사는 온 가족이 몰살을 당해서 집에 도착하자마자 울음을 터뜨리기도 했다.

그래도 기사의 상당수가 생존했다.

어머니의 아들로서, 아이의 아버지로서, 기사라는 무거운 짐을 잠시나마 내려놓고 가정으로 돌아간 것이다.

그러나 곤은 쉴 수가 없었다. 그가 기사들을 이끌었기에 상황에 대해서 설명을 해야 했다.

곤은 씽과 안드리안, 카시어스와 데몬고르곤에게도 쉬라고 말했다.

"말 안 해도 쉴 거야. 정말 몇백 년 만에 피곤 쩐다. 따뜻한 물로 샤워라도 하지 않으면 미쳐 버릴 것 같네."

카시어스는 성에 도착하자마자 배정된 방으로 들어가 버렸다.

곤은 피식 웃고는 헬리온 백작의 집무실로 향했다.

헬리온 백작 집무실에는 살아남은 지휘관들이 모두 모여 있었다. 살아남은 린다맨도 보인다. 그는 어린아이처럼 초롱초롱한 눈빛으로 입에서 침까지 튀겨가며 영웅담을 얘기하고 있었다.

곤이 물을 열고 들어가자 모두의 시선이 그에게로 쏠렸다. 부담스러울 정도로 쳐다본다.

"오! 구국의 영웅 아니신가. 어서 자리에 앉게나."

헬리온 백작은 활짝 웃으며 자리를 권했다.

곤은 자리에 앉았다.

그의 옆에는 헤즐러가 앉아 있었다. 소년은 금방이라도 눈물을 쏟을 것처럼 곤을 바라봤다. 곤은 손을 들어 소년의 머리를 쓰다듬었다.

"늦은 시간이야. 어린아이는 자야지."

"사, 사부님."

끝내 헤즐러는 왈칵 눈물을 떨어뜨리고 말았다. 곤은 팔을 뻗어 헤즐러는 안았다.

"사부님! 엉엉엉엉."

헤즐러는 곤의 품에서 마음껏 울었다. 사제지간의 재회였다. 몇몇 기사들은 그런 그들의 모습을 보며 손끝으로 슬쩍 눈가를 훔치기도 했다.

"수고했어."

아주 작은 말 한마디.

겨우 말 한마디인데, 소년의 억눌렸던 감정이 모두 씻겨 내려갔다. 눈물과 함께.

헬리온 백작과 기사들은 헤즐러의 울음이 그치기를 묵묵히 기다렸다.

여기서 '그만 울고, 곤, 얘기 좀 해봐요.'라는 말 따위를 할 수 있는 사람은 없었다.

더군다나 린다맨으로 인해서 곤이 어떤 무력을 선보였는지 모두 듣지 않았던가.

곤은 구스타프 황제의 궁을 반으로 쪼개 버렸다고 한다. 그건 인간의 힘이 아니라고.

물론 기사들은 그 말을 곧이곧대로 믿지 않았다. 세상에서 그렇게 거대한 궁을 반으로 쪼갤 수 있는 사람이 어디 있겠는가. 드래곤이 아니라면 불가능할 것이다.

혹은 세상을 지옥으로 빠뜨렸던 광전사 폭스겐이라면 몰라도.

어쨌든 곤이 엄청난 신위를 보인 것만은 확실했다. 또한 그는 구국의 영웅이지 않은가. 최소한 그에 대한 예의는 지켜줘야 했다.

헤즐러가 울음을 그치고 안정을 찾았다.

"큼큼."

헬리온 백작이 헛기침을 했다. 사실 그는 라덴 왕국에서 무슨 일이 있었는지 궁금해서 미칠 지경이었다. 린다맨은 요란한 영웅담을 늘어놓았지, 자세한 사항은 알지 못했다.

즉, 모든 시작과 결과를 알고 있는 사람은 곤뿐이었다.

"아, 죄송합니다."

그제야 실례를 겸했다고 생각한 헤즐러는 급히 자리에 앉았다.

"죄송할 것까지야. 괜찮네. 음, 그럼 곤."

"네."

"우리가 무척이나 궁금해하고 있다는 것을 알고 있겠지? 어떻게 된 일인지 가르쳐 주지 않겠나?"

"곧 구스타프 황제의 친서가 국왕에게 도착할 겁니다."

느닷없이 무슨 뜬금없는 소리란 말인가?

집무실에 앉아 있는 헬리온 백작을 비롯하여 모든 기사들은 이해를 하지 못하는 눈치였다. 죽은 구스타프 황제의 친서라니.

"그것이……."

곤은 이야기를 시작했다.

곧 헬리온 백작과 기사들은 140명이나 살아남은 이유를 알 수가 있었다.

곤은 구스타프 황제를 암살한 것이 아니었다. 그는 황제를 인질로 삼아 전쟁을 강제로 끝내게 했다. 황제가 죽으면 라덴 왕국은 예전처럼 뿔뿔이 흩어져 내전이 벌어질 것이다.

하여 황제파 귀족들은 무조건 황제를 살려야만 했고, 병력의 손실을 최소화해야 했다.

곤에게 사로잡힌 황제는 가장 먼저 전투를 멈추게 해서 기사들을 살렸다. 그런 후, 종전을 선언하게 했다.

본래대로라면 아슬란 왕국이 막대한 피해를 입었으니 엄청난 배상금을 요구할 수 있었다.

하나, 상황은 미묘했다. 만약 미친 척하고 라덴 왕국군이 진격이라도 한다면 아슬란 왕국은 멸국의 길을 걸을 수밖에 없었다.

즉, 라덴 왕국은 황제를 잃고 나라가 쪼개질 것이며, 아슬란 왕국은 멸망할 것이다.

하여 곤은 구스타프 황제에게 큰 것을 요구하지 않았다. 무조건적인 라덴 왕국군의 철수. 단, 철수 중에 아슬란 왕국의 어떤 것도 건드려서는 안 된다는 조건을 달았다.

구스타프 황제도 그 조건에는 응했다.

그리고 30년 간 서로의 국경을 넘어서는 안 된다는 조건도 내걸었다.

그 말뜻은 30년 간 라덴 왕국은 대륙 진출을 포기하라는 말과도 같았다.

곤이 원한 것은 그것 딱 하나. 배상금도 필요 없다고 하였다.

구스타프 황제는 이를 악물며 그에 응할 수밖에 없었다.

그는 아직 젊다.

30년이 지나도 50대밖에 되지 않았다. 훗날을 기약할 수밖에 없었다. 그는 30년간 최대한 내실을 다져야겠다고 생각했다.

그렇게 곤은 아슬란 왕국을 구하게 된 것이다.

"……."

헬리온 백작과 기사들은 입을 다물지 못했다.

조금은 건조하게 말을 했지만, 그게 얼마나 대단한 일인지 모두가 알고 있었다.

일개 개인이 적국의 수도로 잠입하여 적의 황제를 인질로 잡고 휴전을 이끌어낸다는 것이 가당키나 한 말인가.

아슬란 왕국 역사상 전무후무한 일이 아닐 수 없었다.

"예전부터 생각했지만……."

헬리온 백작은 곤을 유심하게 바라봤다. 위아래로 훑어보기도 한다.

"자네 정말 인간이 맞는 건가?"

"글쎄요. 가끔 헷갈리기도 합니다만… 돌아갈 곳이 있어서 독하게 살려고 하는 것이라고 생각합니다."

곤은 집무실 창문 밖으로 고개를 돌렸다. 그곳에는 부서진 달이 환하게 빛나고 있었다.

그렇지? 혜인아.

* * *

곤은 머리가 깨질 것만 같았다.

어제도, 그제도, 3일 전에도 코이와 오크들에게 붙잡혀 술을 마셨다.

곤도 술을 마신다. 그렇다고 즐기지는 않았다. 오크 마을에 있을 적에도 이 정도로 술을 마신 기억은 없었다.

그런데—

코이와 그를 따르는 용자들은 술에 환장을 한 것 같았다.

마시고 또 마신다.

나중에는 오크들이 술을 마시는 것이 아니라 술이 오크들을 마시는 것 같았다.

인간들의 술은 독하지가 않다면서도 모조리 취했다. 헬리온 백작은 성에 있는 술이 모두 동이 나도 좋으니 오크들에게 무한정으로 베풀라고 이미 명령을 내려놓은 터였다.

웃으면서 말을 했지만, 정말로 성안에 있는 모든 술이 동이 날 듯했다.

곤은 매일 실려서 숙소로 돌아왔다. 도저히 술을 감당할 수 없지만, 그렇다고 자신 한 명만을 위해서 그 먼 길을 와준 오크들을 외면할 수는 없는 노릇이었다.

쾅쾅쾅—

아침부터 누군가 문을 부서질 듯이 두드렸다. 시녀들은 이런 식으로 문을 두드리지 않는다. 대충 누구인지는 짐작이 간다.

곤은 갈증을 참으며 침대에서 일어났다. 아직 술이 깨지 않아 걸음걸이가 이리저리 비틀거렸다.

예전에, 그러니까 조선에 있을 당시 곤은 무학 스님께 물은 적이 있었다.

"내공을 익히면 몸에 있는 나쁜 기운을 막 몰아낼 수 있나요? 예를 들면 몸속에 가득한 술을 내뿜을 수 있다든지."

곤의 질문에 무학 스님은 한참을 웃으셨다.

"예끼 이놈아, 취하려고 마신 술을 뭣하러 뱉어내느냐. 물론 어느 정도 가능은 하다. 내공이란 몸을 건강하게 하고 나쁜 기운을 침범하지 못하게 하니까. 하지만 순리라는 것이 있는 것이란다. 술을 마셨으면 취하는 것이 당연한 것이고, 숙취가 따르는 것도 당연한 것이다. 억지로 그것을 뱉어내려고 한다면 당시에는 좋을지 몰라도 반드시 뒤탈이 따른다."

문득 무학 스님과의 대화가 떠올랐다. 하여 곤은 스님의 말처럼 순리에 따르기로 했다. 숙취가 무척이나 고통스러웠지만.

곤은 문을 열었다.

역시 예상대로 문 앞에는 코이가 서 있었다.

"아침부터 무슨 일이야? 난 아직 술도 다 안 깼다고."

"내가 아는 모든 인간들을 통틀어서 가장 강한 네가 술 때문에 죽겠다니. 풋, 조금은 재밌는걸."

"아, 그런 소리 할 때가 아니야. 정말로 죽겠어."

"나, 가."

"응?"

"나, 간다고. 그러니까 작별 인사 하러 왔어."

"어딜 가?"

느닷없는 코이의 말에 곤은 이해가 잠시 되지 않았다.

"어디긴. 집에 가야지. 전사들을 모두 데리고 와서 집이 텅텅 비었거든. 누군가에게 침입을 받으면 큰일 나. 그러니까 갈게. 잘 있어."

코이는 싱긋 웃고는 곤의 뺨에 입술을 맞췄다. 그러고는 손을 흔들며 뒤도 돌아보지 않고 걸어갔다.

"이봐, 코이! 코이!"

곤은 급히 코이를 쫓아갔다. 하지만 코이의 걸음이 얼마나 빠른지 잡지를 못하겠다.

곤이 코이를 찾았을 때, 그녀는 이미 오크들과 섞여 있었다.

이번 전쟁에서 생존한 모든 오크들이 떠날 채비를 갖추고 여왕을 기다리고 있었던 것이다. 코이가 도착하자, 출발이라는 소리가 들렸다.

오크들이 무리지어 성 밖으로 나갔다. 성문은 열려 있었다.

이미 헬리온 백작과 말이 오고 갔던 모양이었다.

"코이!"

곤은 큰 소리로 코이를 불렀다. 코이가 멈칫 서며 곤을 바라봤다.

"고마워!"

진심이었다.

코이는 곤을 향해서 엄지손가락을 들었다. 그러고는 다시 등을 돌려 왔던 먼 길을 돌아간다.

예전, 곤이 코이와 오크들을 떠날 때, 그녀는 이런 마음이었을까. 잡고 싶지만, 너무 고마워서 잡고 싶지만, 도저히 잡을 수 없는 그 마음.

아!

그제야 곤은 깨달았다. 자신이 너무 자만하면서 살았다는 것을. 능력만 강해졌을 뿐, 사람들의 마음을 너무도 몰랐다는 것을.

그것을 이제야 깨달은 것이다.

곤은 오크들이 그의 시야에서 완전히 사라질 때까지 지켜보았다.

고마워, 코이.

* * *

중앙정부에서 논공행상을 하기 위해서 헬리온 백작을 불러올렸다.

헬리온 백작은 곤에게 같이 가자고 제안했다. 곤이야말로 이번 일에 최고 일등 공신이니 당연한 것이었다. 일반 시민이라면 귀족으로 승격되는 것은 일도 아니었다.

하지만 곤은 헬리온 백작의 제안을 정중하게 거절했다. 그는 떠날 사람이다.

지금도 사랑하는 사람이 너무도 사무치게 보고 싶을 때가 많았다.

코일코의 꿈을 이뤄주고, 헤즐러가 완전하게 자립을 하는 날을 기다린다. 물론 그전에 돌아갈 방법을 찾아야겠지만.

이곳에 더 이상 뭔가를 남기는 건 안 된다.

특히 정(情)을.

헬리온 백작은 아쉬워하면서 브루스 단장과 수도로 떠났다.

헬리온 백작이 수도로 떠나고 한 달 뒤.

영지는 난리가 났다. 모든 사람들이 일손을 그만두고 밖으로 나와 만세를 불렀다.

"만세! 만세! 우리 영주님이, 우리 영주님이 후작이 되셨다!"

"만세! 만세! 우리 영주님은 이제 대귀족이다. 누구도 우리 영주님께 함부로 하지 못한다!"

남녀노소를 불문하고 서로가 서로를 부둥켜안았다. 특히, 이곳에서 태어나고 자란 노인들은 계속해서 눈물을 흘렸다.

그들은 영주가 얼마나 좋은 사람인지 알고 있었다.

헬리온 백작도, 그의 아버지도, 그의 할아버지도. 대대로 영주들은 하나같이 이상할 정도로 영지민들을 아끼는 사람들이었다.

그렇기에 영지민들은 영주를 하늘처럼 믿고 따랐다. 그리고 그 결실을 이제야 보게 된 것이다.

아슬란 왕국의 공작은 세 명, 그중에서 한 명인 스트롱 공작은 이번 전쟁에서 죽었다.

그리고 후작은 다섯 명, 그중에서 혁혁한 공을 세운 투신 스피커트 후작이 공작으로 승격되었다. 그 후작의 자리를 헬리온 백작이 차지한 것이다.

왕국에서 다섯 명밖에 없는 후작. 그것은 가문의 영광이었고 상상을 초월하는 권한을 위임받는다. 소왕이라고 해도 좋을 정도였다.

영지민들은 두 명만 모여도 헬리온 백작, 아니, 후작의 얘기를 했다.

영지는 본의 아니게 한동안 들뜰 수밖에 없었다.

그새 헤즐러 자작의 영지민들은 모두 영지로 돌아갔다.

전쟁으로 인해서 너무 오랫동안 자리를 비웠다. 3천 명의 영지민 중에서 돌아가는 사람들은 2천 명이 채 되지 않았다.

그래도 얼굴이 어두운 사람은 없었다.

헤즐러 자작과 헬리온 후작은 혈맹 관계나 마찬가지였다.

헬리온 후작이 헤즐러 자작을 아들처럼 여기는 이상, 영지가 위험에 처하는 일은 결단코 없을 것이다.

곤과 씽, 안드리안도 헤즐러 자작의 영지로 돌아왔다. 카시어스와 데몬고르곤은 심심하다면서 끝까지 그곳까지 쫓아왔다.

곤이 없으면 헬리온 후작이 많이 서운할 터였다. 그러나 어쩔 수가 없었다. 곤은 헤즐러의 보호자니까. 그를 혼자 내버려 둘 수는 없었다.

아직 소년은 곤에게 배울 것이 많았다.

조금은 따분한, 조금은 여유로운 나날이 지나고 있었다. 마을은 다시 활기를 찾았고 슬픔도 어느 정도 가셨다. 사실 슬픔을 느낄 사이도 없었다.

라덴 왕국군이 마을을 지나치면서 초토화를 시켰고, 농작물들은 모두 말라서 죽었다.

처음부터 다시 시작을 해야 한다. 그럼에도 사람들이 좌절

하지 않고 웃을 수 있는 것은 바로 희망이 있기 때문이었다.

기사와 병사들의 훈련은 당분간 중지였다. 그들은 마을을 재건하기 위해서 불철주야 노력했다.

헤즐러도 한 손을 돕겠다면서 매일 시찰을 나갔고, 노기사들은 언제나 영주를 호위했다.

덕분에 한동안 저택은 한가했다. 카시어스와 데몬고르곤은 뭐가 그렇게 바쁜지 산으로, 들로 나돌아다녔다. 저택에서 한가롭게 시간을 보내는 사람은 곤과 씽, 안드리안이었다.

곤은 차를 마시며 창문 밖을 바라보고 있었다.

벌컥—

안드리안이 곤의 방문을 소리 나게 열었다. 그러고 보니 안드리안과 코이는 비슷한 면이 많다. 누군가에게 지기 싫어하는 승부 근성과 누구나 어려워하는 곤을 아무렇지도 않게 대하는 것.

"무슨 일입니까?"

곤은 담담하게 물었다.

"나, 이제 떠나려고."

전쟁이 끝났으니 예상했던 말이었다. 본래 이번 전쟁만 아니었다면 진작 하고 싶었던 일이기도 하다. 안드리안이 찾아온 이유는 곤의 의중을 떠보기 위해서일 것이다.

비록 그녀는 남자처럼 혈기 왕성하지만 상대방을 배려할

줄 안다.

"부서진 달의 세계로?"

"응."

"같이 가죠."

"왜?"

"그곳에 가면……."

"가면?"

"제가 가야 할 방향을 알 수 있을 것 같아요."

"흠, 무척이나 위험한 곳일 수 있어. 잘 생각해 봐. 그곳은 대륙이 아니라고. 저기 우리가 보고 있는 달이야. 달의 세계."

"위험하지만… 신비로운 세계죠. 그러니까 더 가야 되지 않을까요? 다른 세상으로 가는 문. 저도 다른 세상으로 가야 하죠. 삼안족이라면 그 방법을 알 수 있을 것 같아요."

"흠, 하긴."

안드리안은 골똘히 생각하더니 고개를 끄덕였다. 확실하지는 않지만 그렇다고 확률이 없지는 않을 것 같았다.

"그럼 너도 가게?"

"네."

"히히히, 신나라."

"왜요?"

"왠지 너랑 있으면 든든하거든."

"약속했잖아요. 저는 안드리안을 돕고 안드리안은 저를 돕겠다고."

처음 만났을 때쯤 했던 말.

"기억하고 있었구나."

"친구와 한 약속을 기억하지 못할 만큼 머리가 나쁘지는 않아요."

"친구라. 그렇게 직접적인 단어를 듣는 것은 오랜만이네."

안드리안의 얼굴에 홍조가 떠오르는 것을 보니 급격히 기분이 좋아진 모양이었다.

"그럼 언제 떠날까?"

"마을이 거의 복구가 될 쯤? 그쯤이 좋지 않을까요."

"흠, 그러네."

안드리안은 고개를 끄덕였다. 모든 사람들이 땀을 흘려서 마을을 재건하고 있었다.

지금 상황에서 '나는 볼일이 있으니 너희들끼리 노력을 해' 라고 말을 하기란 여간 불편한 것이 아니었다.

"좋아. 결정했어. 그때쯤 가자."

"네, 그러도록 하죠."

"그럼 나도 마을로 나가서 사람들을 도와볼까."

안드리안은 소매를 걷으며 곤의 방문을 나갔다. 문은 열어

둔 채 그대로였다.

곤은 피식 웃고는 남은 차를 마저 마셨다.

*　　*　　*

씽은 로즈가 있는 가게를 향해 걷고 있었다.

십검왕이라고 했던가. 이름은 생각이 안 난다. 놈은 정말로 강했다. 형님과 데몬고르곤 이후 그토록 강한 상대는 처음이었다.

처음에는 정말로 인간이 맞는지 의아할 정도였다.

만약… 만약에 놈과 싸움이 계속되었더라면 어떻게 됐을까.

과연 누가 이겼을까.

정말로 궁금하다.

구스타프 황제가 싸움을 중지하라고 명령했을 때, 놈도 무척이나 억울해하는 모습이었다. 놈은 헤어지며 '언젠가 반드시 죽여 버리겠다' 라는 전형적인 악당의 말로 등을 돌렸다.

잠시 씽은 다른 생각을 하는 동안, 어느새 그는 로즈의 가게에 도착했다.

와창창—

창문이 깨지며 거칠게 생긴 두 명의 사내가 창문 밖으로 튕겨 나왔다.

"이런 개 호로새끼들을 봤나. 내가 만만해 보여? 앙!"

로즈가 문을 박차고 나와 쓰러진 사내들을 마구 걷어찼다.

"아이고, 죄송합니다."

로즈는 강하다. 일반 여성이라고 볼 수 없을 정도로. 어중이떠중이가 로즈에게 이길 수는 없었다. 더군다나 남자의 약점을 그녀는 아주 잘 알고 있었다.

고통은 견디다 못한 사내들은 로즈에게 사과를 하며 급하게 자리를 떴다.

"망할 것들, 어디서 수작이야. 임자 있는 사람한테."

로즈는 손바닥을 탁탁 털며 말했다.

그런 그녀의 모습을 본 씽은—

"크크크."

웃을 수밖에 없었다.

이거다. 이래서 돌아오고 싶었던 것이다. 편안함이 가득한 이곳으로.

"어? 뭐야? 씽?"

그제야 씽은 로즈를 발견했다. 그녀의 놀란 토끼 눈이 무척이나 귀여웠다.

"어, 다녀왔어."

씽은 씽긋 웃으며 로즈에게 말했다.

"응, 수고했어."

로즈는 아무것도 묻지 않았다. 씽을 향해서 상큼한 미소를 지을 뿐이었다.

둘은 한참 동안이나 그대로 서서 서로를 바라보았다.

"오글거려서 미치겠네. 아주 연극을 해요, 연극을."

로즈와 씽을 모습을 지켜보던 타로만은 춥다는 듯이 양팔로 자신의 몸을 감쌌다.

* * *

마을의 재건이 끝났다. 헤즐러는 창고를 풀어 축제를 열었다.

축제는 3일 동안 이어졌다.

역시 축제에는 술이 빠질 수가 없었다. 아버지가 마시고, 아이들도 몰래 마시고, 노인들도 마셨다.

마을 광장에서의 축제 마지막 날.

모닥불이 곳곳에서 피어놓고 그 속에는 돼지 통구이가 지글지글 익고 있었다.

지역 특유의 악기에서 음률이 흘러나오면 젊은 여자들은

남자를 유혹하듯 춤을 췄다.

그녀들의 손에 이끌린 마을에서 인기가 많은 젊은 남자들은 못 이기는 척 쫓아 나가 광장에서 춤을 췄다.

곤과 친구들도 그곳에 있었다.

"모두 사부님 덕분이에요. 이런 여유로운 광경을 또다시 볼 수 있다니. 다시는 보지 못할 줄 알았어요."

헤즐러는 마을 사람들을 보며 아늑한 표정을 지었다. 모닥불이 일렁거리며 헤즐러의 얼굴을 비쳤다.

"나는 무력을 빌려줬을 뿐이지. 사람들에게 행복을 찾아준 것은 너란다."

"제가요?"

곤은 고개를 끄덕였다.

"나는 좋은 사람이 못 된단다. 사람에게 웃음을 줄 수 있는 사람은 가슴이 따뜻한 사람이지. 너와 헬리온 후작과 같은."

그러고 보니 운이 좋은 사람은 자신일지 모른다는 생각이 들었다.

코일코, 헤즐러, 씽, 안드리안, 코이, 에리카, 식신, 용병들, 이상한 카시어스와 데몬고르곤… 그리고 수많은 사람들.

자신이 그들에게 도움을 줬다고 생각했다.

그런데 과연 그럴까.

자신은 맨몸으로 부서진 달의 세계로 떨어졌다. 몇 번이나 죽을 뻔했지만, 그럴 때마다 씽이, 오크가, 안드리안이 도움을 줘서 살아났다.

제국에서도 마찬가지.

"정말 나는 바보구나."

곤은 길게 한숨을 내쉬며 머리를 흔들었다. 놀랍게도 지금껏 살기로 가득했던 그의 눈빛이 많이 유해져 있었다. 물론 본인은 그것을 인지하고 있지 못했지만.

"네?"

헤즐러가 무슨 말인지 몰라 곤에게 되물었다.

"아니다. 저 아이가 너에게 오는 구나."

곤은 턱으로 열 살 남짓의 어린 여자아이를 턱으로 가리켰다. 뺨의 주근깨가 남아 있는 무척이나 귀엽게 생긴 여자아이였다.

소녀는 잠시 머뭇거리더니 헤즐러에게 다가왔다.

"저, 영주님."

"응? 나?"

헤즐러는 손가락을 자신을 가리켰다.

"저랑 춤추실래요?"

소녀는 어렵게 얘기하는 듯했다. 말을 하면서도 얼굴이 홍당무처럼 빨갛다.

헤즐러도 당황했다. 태어나서 이제껏 누구와 춤을 춰본 적이 단 한 번도 없었다. 더군다나 또래의 여자아이와는 더더욱.

"나, 나, 나, 춤 못 추는데."

"그래요?"

소녀는 시무룩한 표정을 지었다. 뭔가 말을 해야 하는데 무슨 말을 하긴 해야 하는데 무엇을 해야 할지 딱히 모르는 얼굴이었다.

곤은 빙긋 웃으며 헤즐러의 등을 툭 하고 밀었다. 헤즐러는 엉겁결에 앞으로 떠밀렸다.

소녀의 얼굴이 밝아졌다.

그녀는 손을 내밀었다. 헤즐러는 그녀의 손을 잡고 광장으로 나갔다.

헤즐러는 난처해하는 얼굴로 곤을 슬쩍 바라봤다. 곤은 어서 가라면서 손을 휘휘 저었다.

헤즐러가 광장으로 나가자 마을 사람들은 환호성을 질렀다.

아무리 어리다고 하더라도 헤즐러는 영주다. 다른 지역 영주들처럼 절대 권력을 휘두르며 영지민의 목숨을 좌지우지할 수도 있었다.

엄연히 나라의 법으로 '인간의 목숨을 누구라도 함부로 취해서는 안 된다. 다른 사람의 목숨을 위태롭게 한 자는 그에

상응한 벌을 받는다' 라고 분명히 명시가 되어 있다. 그러나 법 위에 사는 자들, 그들이 바로 귀족이었다.

그들은 영지민들을 자신의 소유물로 여긴다. 당연히 그들의 목숨까지도 마음껏 쥐락펴락할 수가 있었다.

그러나 헤즐러는 그렇지 않았다. 그의 아버지도 할아버지도 그렇지 않았다.

항상 마을 사람들을 걱정하고, 어떡하면 다 같이 잘 먹고 잘살까 고민을 했었다.

조부와 부모의 영향을 받아서인지 헤즐러 역시 마찬가지였다.

영지민들도 그것을 안다. 종종 그런 헤즐러의 마음을 이용하려는 사람들도 있었지만, 곤의 등장 이후로 모두 사라졌다.

지금의 헤즐러는 모든 사람이 좋아했다.

"우리 귀여운 영주님이시다!"

"하하하하! 우리 영주님, 춤 잘 추시네."

헤즐러가 어정쩡한 자세로 소녀와 손을 잡고 광장에서 춤을 추자 엄청난 사람들이 그 주변으로 모여들었다.

"처음 봤을 때와는 많이 다르네."

안드리안이 곤의 옆에 앉으며 말했다.

"네, 많이 달라졌죠."

그렇게 오랜 시간이 지난 것도 아닌데, 아련한 느낌이 들었다.

그토록 연약하고 겁이 많았던 아이였는데, 지금은 어엿하게 성장하여 한 영지의 영주 노릇을 자연스럽게 행하고 있었다.

기특했다.

조금씩 성장하는 자식을 보는 느낌이랄까.

"떠난다고 말은 해야지?"

"아니요."

곤은 고개를 흔들었다.

"말 안 하고 떠나게? 무척 서운해할 텐데."

당연하다.

헤즐러에게 곤은 사부 그 이상의 존재였다. 거대한 고목. 해가 뜨거울 때나 비가 올 때는 가림막이 돼주고 힘이 들 때는 편안히 눈을 붙이고 쉴 수 있게 해주는 그런 존재.

그런 존재가 갑자기 사라진다면 헤즐러의 상심은 보통 클 것이 아니었다.

"이별 또한 성장통. 언젠가 겪어야 할 문제지요. 다시 만날 그날을 위해서."

"참, 제자 빡시게 키우네. 부서진 달의 세계에 갔다 오면 나도 제자나 키울까."

"나쁘지 않은 생각이네요."

곤은 자리에서 일어나 엉덩이를 털었다. 안드리안도 그를 따라 일어섰다.

"가자고요."

"그래, 가야지."

어느새 씽이 그들의 뒤에 서 있었다. 처음에 왔던 그때처럼 셋이 움직일 생각이었다. 식신과 기사들은 이곳을 지켜야 한다.

곤이 죽지 않으면 식신들도 죽지 않는다. 자신이 살아 있다는 증거가 되는 셈이었다. 그러니 식신들이 다른 사람들을 안심시켜 줄 것이다.

그리고…….

리치 킹의 유물을 봤던 사람들은 언젠가 곤과 안드리안이 삼안족이 있는 곳으로 떠날 것을 어렴풋이 짐작하고 있었다.

이제 때가 된 것이다.

* * *

리치 킹의 던전.

어마어마했던 리치 킹의 보물들은 헤즐러와 헬리온 후작의 영지로 옮겼다.

그렇게 많던 보물들을 모조리 옮겨서인지 던전 안은 무척이나 을씨년스러웠다.

남은 것은 포탈을 생성하는 유물뿐이었다.

그런데…….

곤은 뒤편에 서 있는 카시어스와 데몬고르곤을 바라봤다.

"도대체 여긴 왜 온 거야?"

곤은 카시어스에게 물었다.

"왜긴 심심해서지."

"놀러 가는 거 아니거든. 미지의 세계로 가는 거라고."

"알아."

"어떤 위험이 도사리고 있을지 알 수 없어."

"안다니까."

"그런데 왜 따라온 거냐고."

"말했잖아. 심심해서."

"하아……."

곤은 길게 한숨을 내쉬며 고개를 절레절레 흔들었다. 다른 사람들은 몰라도 카시어스와 데몬고르곤은 통제할 수가 없었다.

그렇다고 해서 그들이 밉거나 짜증 나는 것은 아니었다.

조금 천방지축일 뿐이지. 이들만큼 믿음이 가는 사람은 거의 없으니까.

"어쩔 수 없지. 든든한 구원군이 생기고 좋네. 자, 가자고."

안드리안은 기분 좋게 웃으며 말했다.

그녀는 2단으로 된 재단 위로 올라갔다. 곤과 씽, 카시어스와 데몬고르곤이 따라 올랐다.

"와, 재밌겠다. 달의 세계라니. 머리털 나고 처음 가봐."

"나도."

카시어스의 말에 데몬고르곤이 짧게 대답했다. 오랜만에 한 말이 '나도' 라니.

어쩐지 힘만 센 어린아이들을 데리고 다니는 느낌이었다.

"자! 간다!"

안드리안이 외쳤다.

동시에 그녀의 삼안이 번쩍 떠졌다. 목소리, 분위기가 안드리안과 완전히 달라졌다. 그녀는 석판에 적힌 삼안족의 언어를 읽기 시작했다.

"dmaldakdladkladal."

순간 재단이 흰 섬광에 휩싸였다. 빛은 던전 곳곳으로 퍼져나갔다.

화아아악—

빛이 사라지니—

그 자리에 남은 사람은 아무도 없었다.

*　　*　　*

라덴 왕국의 제2궁전, 일명 신의 부름.

높고 높은 단상 위에는 구스타프 대제가 다리를 꼰 채 무릎을 꿇고 있는 수많은 신하들을 보고 있었다. 모두가 황제를 제대로 보필하지 못했다는 일 때문인지 공포에 떨면서 고개도 들지 못했다.

특히 전쟁에 투입이 되었던 귀족들은 더욱 그러했다. 카이로 공작은 등줄기에서 식은땀이 줄줄 흘렀다. 아무리 황제의 장인이라고는 하나 그가 헬리온에게 막히는 바람에 전쟁의 수행이 늦어졌다.

결과적으로 그것은 황제가 적들에게 포로로 잡히는 수모를 겪게 만들었다.

있을 수 없는 치욕이었다.

구스타프는 공포의 대제. 라덴 왕국의 절대자로서 수많은 생명을 가차 없이 처단한 인물이었다.

하나 구스타프는 그리 기분이 나쁘지 않는 표정이었다. 평상시에 그라면 전쟁에 투입이 되었던 모든 장군들의 목을 쳤을 텐데, 그는 그럴 생각이 없어 보였다.

구스타프 대제는 곤을 떠올리며 피식 웃었다.

당돌한 인간이었다. 감히 신의 아들인 자신에게 그런 어처

구니가 없는 제안을 하다니.

"곤이라고 했지? 좋아, 네가 원하는 것을 들어주지. 하지만 그것이 꼭 너에게 좋은 방향으로 끝나라는 법은 없을 것이다. 크크크."

구스타프 대제의 음침한 웃음이 궁전 곳곳으로 낮게 깔려서 퍼져 나갔다.

Chapter 5. 부서진 달의 세계

"여기가 삼안족이 사는 세상인가."

곤은 주위를 둘러보았다. 그가 아는 상식과는 완전히 다른 세상이 펼쳐져 있었다. 별천지라는 말은 여기서 나온 듯하다.

"우와! 놀라워라. 여기가 달이란 말이지?"

세상은 밝다.

그러나 검었다.

대륙에서처럼 푸른 하늘을 볼 수 있는 것은 아니었다. 세상은 온통 어둡다. 새카맣게 어둡지만 그렇다고 암흑천지는 아니었다.

보석과 같은 별들이, 대륙에서는 도저히 볼 수 없는 별들이 손을 뻗으면 닿을 것처럼 하늘을 가득 메우고 있었다.

아름답다는 말 이외에는 무엇이 필요할까. 세상 밖이 이토록 아름다울 수 있다는 것을 이곳에 있는 사람들은 모두 처음 알았다.

그러나 하늘에 비해서 지상은 무척이나 척박했다. 나무와 숲, 강과 같은 것들은 아예 보이지가 않았다. 그저 끝없이 펼쳐진 바위가 전부였다. 길도 없었다. 산도 바위로 되어 있고 계곡도 바위로 되어 있었다.

바위 외에는 다른 것이 존재하지 않는 듯했다.

"삼안, 어디로 가야 하죠?"

곤은 안드리안, 아니, 지금은 인격체가 바뀐 삼안에게 물었다.

삼안이라고 하지만 그것이 그녀의 이름은 아니었다. 정확히는 이름이 없다고 보면 된다.

안드리안이란 이름은 그녀의 어렸을 적 양부가 지어줬지만 삼안은 그렇지 않았다. 양부는 죽을 때까지 삼안의 존재를 알지 못했다.

하여 이름이 없이 지금껏 살아왔던 것이다. 삼안 역시 딱히 신경을 쓰지 않았다.

삼안은 자신의 고향을 바라보았다.

그녀는 지금껏 딱히 바라는 것 없이 조용히 살아왔다. 간혹 성적인 요구를 이기지 못할 때, 안드리안 대신 남자의 품에 안겼지만 다른 때에는 일절 세상 밖으로 나오지 않았다.

세상에 대한 궁금함은 그녀에게 없었다.

그러나 딱 하나 궁금한 것이 있다면 바로 고향에 대한 것이었다.

자신은 어디에서 왔을까. 어머니는 왜 친아버지에 대해서 한 마디도 하지 않는 것일까. 나는 왜 눈이 세 개일까.

그리고 어느 날, 자신이 부서진 달이 고향인 삼안족이라는 것을 알았을 때, 그녀는 처음으로 심장이 두근거리며 뛰었다.

자신이 알던 세상과는 완전히 다른 곳이라니.

하여 그녀의 딱 하나의 소망이 있다면 부서진 달의 세계로 가서 자신의 뿌리를 찾는 것이었다.

보통 때라면 그녀는 안드리안에게 의식을 인계했을 것이다.

하지만 그녀는 그럴 생각이 전혀 없었다. 지금만큼은, 부서진 달의 세계로 온 만큼은 그녀가 인격의 주체가 되고 싶었다.

삼안은 눈을 감았다.

그녀도 이곳이 처음이다. 정보가 일절 없었다. 그렇다고 이 거대한 세계에서 언제까지고 헤맬 수는 없는 노릇이었다.

그렇지만 삼안은 걱정하지 않는다. 어쩐지 알 수 없는 힘이 자신을 인도해 줄 것만 같았다.

그녀는 정신을 집중했다.

역시나—

삼안의 느낌은 맞았다. 어느 한쪽 방향으로 강렬한 이끌림이 있었다.

"이쪽으로."

삼안이 한 방향을 가리킨 후, 천천히 걷기 시작했다. 빨리빨리 움직일 필요는 없었다.

비록 고향이지만 이곳에 대해서 그녀는 아무것도 알지 못한다. 어쩌면 삼안족은 그녀를 비롯하여 동료들을 적대할 수도 있는 노릇이었다.

조심, 또 조심해서 나쁠 것은 없었다.

곤과 친구들도 삼안의 뒤를 쫓았다.

여행에 대비하여 미리 물과 음식을 잔뜩 준비했기에 몇 달은 견딜 수가 있었다. 어지간해서는 이곳에서 굶어 죽을 염려는 없었다.

"이것 참. 요상한데."

카시어스가 조금 높게 몸을 날렸다. 가볍게 뛰었을 뿐인데, 그녀의 몸이 자그마치 10미터 이상 앞으로 날듯이 뛰어갔다.

그녀의 표정은 재밌어 죽겠다는 눈치였다. 이번에는 공중을 향해서 몸을 뛰었다.

놀랍게도 공중을 향해 10미터 이상 떠올랐다가 가라앉았다. 깃털처럼 사뿐하게 내려앉는다.

"지상과는 완전히 달라. 몸이 정말 가벼워. 너도 해봐."

카시어스가 데몬고르곤에게 말했다.

"애들처럼……."

데몬고르곤은 콧방귀를 끼었다. 마나를 전혀 쓰지 않음에도, 근력을 전혀 쓰지 않음에도 카시어스의 육체는 놀라운 반응을 보였다. 한번 따라서 해보고 싶은 마음도 없지는 않았지만, 그는 자신의 캐릭터를 지키고 싶었다.

"에이, 영감 같은 놈."

카시어스가 데몬고르곤의 등을 팍 하고 물었다. 데몬고르곤이 앞으로 떠밀렸다. 보통은 한두 발 정도 앞으로 나가고 말 텐데 그의 거구는 허수아비처럼 십여 미터나 앞으로 밀렸다.

몸이 너무 가벼워서 마나를 쓰지 않으면 멈출 수가 없었다.

"이, 이게 무슨?"

모두가 상황을 이해할 수가 없었다.

신기할 뿐이었다. 곤과 씽도 몸을 날려봤다. 내공이나 마나를 전력으로 쓴다면 하늘을 나는 새처럼 수십 미터 상공까지 날아오를 수도 있을 것만 같았다.

"왠지 알 것 같아."

카시어스가 손바닥을 딱 치며 말했다.

"뭔데?"

곤이 물었다. 삼안과 씽, 데몬고르곤이 카시어스의 입을 바라봤다.

"흠, 자, 봐. 그래비티 파워(Gravity power)."

카시어스는 달의 한쪽 구석에 마법을 펼쳤다. 순간 '쿠쿵' 소리가 나며 반경 10미터에 발하는 바닥에 움푹 파였다.

"우리 메이지들은 중력을 조절할 수가 있지."

"중력이 뭔데?"

데몬고르곤은 이해가 안 된다는 듯이 고개를 갸웃거렸다.

"질량을 가진 모든 물체가 서로를 끌어당기는 힘이야. 그것을 우리는 인위적으로 조절할 수 있거든."

아무도 이해하지 못했다.

카시어스는 그런 동료들을 보며 역시나, 라는 표정을 지었다. 자신이 너무 많은 것을 바랐다는 표정이랄까.

"어쨌든 이곳은 중력이 상당히 약해. 즉, 서로를 끌어당기는 힘이 약하는 소리야. 그러니 몸이 가벼울 수밖에 없지."

아주 조금은 이해가 가는 곤이었다. 그러나 씽과 데몬고르곤은 아직도 모르는 표정이다.

"그렇군. 그럼 우리는 이곳에서 훨씬 더 강한 힘을 낼 수 있다는 말인가."

"아마도… 그런데 마법적인 능력은 좀 약해질 거야."

"그건 무슨 소리지?"

"달은 마나의 분포도가 너무 낮아."

"그러니까 힘은 강해지지만 마나를 사용한 힘은 약해진다는 건가?"

"빙고."

"흠, 크게 이로운 것은 아니군."

"나야 그렇지. 그런데 곤이나 씽, 데몬고르곤처럼 본래 강력한 힘을 가진 자들에게는 엄청나게 유리할걸."

그것도 맞는 소리였다. 전체적인 능력이 다운 그레이드가 된 사람은 카시어스뿐이었다.

"자, 계속 가자고. 두근두근거리는데."

카시어스는 신나서 걸음을 옮겼다. 붕붕 뜨는 것이 재밌는지 몇 번이나 크게 뛰어서 걷기도 했다. 넓이가 수십 미터가 넘는 골짜기가 나타났지만 그들은 마나를 사용하지 않고도 쉽게 건넜다.

그런 그들이 어느 순간, 똑같이 일제히 멈췄다.

그들은 처음 이곳에 도착했을 때보다 훨씬 놀라운 광경을 목격했다.

자신이 살던 곳. 대륙을 눈으로 지근거리에서 목격한 것이다. 지근거리라고 하지만 인간의 힘으로는 닿을 수 없는 곳이었다.

그곳에 있는 것은—

푸른색으로 빛을 내고 있는 거대한 행성이었다.

"서, 설마 저곳이 우리가 살고 있던 곳인가."

담력이 좋아 어지간해서는 놀라지 않는 카시어스와 데몬고르곤이 말을 더듬거렸다.

상상을 초월하는 아름다움에 모두가 넋을 잃었다. 십여 개의 크고 작은 대륙이 그들의 시선을 사로잡았다.

"저게 우리가 살고 있는 대륙인가?"

데몬고르곤은 비슷한 크기로 이뤄진 다섯 개의 대륙을 가리켰다. 그중에서 중앙에 위치한 대륙.

대륙 간에는 육안으로도 보일 정도로 거대한 회오리가 휘몰아치고 있었다.

그들은 잠시 자신들의 대륙과 행성을 바라보았다.

고향을 바라보는 감격은 이루 말을 할 수가 없었다.

대륙에서 부서진 달을 바라볼 때와, 부서진 달에서 행성을 바라볼 때의 느낌은 차원이 달랐다.

왜 삼안이 그토록 고향을 찾아오고 싶어 했는지 그제야 알 것 같았다.

얼마나 시간이 지났을까.

상당한 시간이 지난 것을 누구도 눈치채지 못했다. 곤이 그들의 상념을 깨우지 않았다면.

"자, 감상들 끝났으면 다들 가자고."

곤의 말에 동료들의 정신이 돌아왔다.

"아, 그래야지. 정말로 오래 살고 볼 일이야. 살다 살다 저런 광경을 다 볼 수 있다니. 세상에 가보지 못한 곳이 없다고 자부했지만……. 우물 안 개구리였어. 우리가 살고 있는 대륙보다 큰 대륙이 두 개나 있고, 비슷한 곳은 네 곳, 작은 곳도 세 곳이나 있다니."

카시어스는 연신 감탄사를 내뱉었다. 상상도 하지 못했던 광경이 그녀의 시선에 펼쳐졌다. 다른 대륙이 있다는 것쯤은 어렴풋이 알고 있었다.

아주 간혹 다른 대륙에서 넘어온 난파선들이 밀려오기도 하니까.

하지만 어디까지나 세상의 중심은 자신들이 살고 있는 대륙이었다. 그곳이 세상의 중심이고, 문명의 발원지라 여겼다.

중앙대륙보다 큰 대륙이 두 곳이나 더 있을 것이라고는 상상도 하지 못했다.

더군다나 동서남북으로 비슷한 크기의 대륙이 떡하니 자리를 잡았다.

모험가로서의 기질이 강한 그녀는 흥분하지 않을 수가 없었다.

"데몬고르곤."

"왜?"

무뚝뚝하게 대답을 했지만, 그 역시 감격스러운 표정을 짓고 있었다.

"우리 좀 더 오래 살아야겠다. 세상은 아직 넓어. 우리가 볼 것이 많아."

"그것도 그렇군."

한때 사자마왕이라고 불렸던, 지금은 곤에게 얹혀살고 있는 데몬고르곤의 눈빛이 아이처럼 반짝였다. 솔직히 지금은 곤과 함께 있으면 재미난 일이 많아서 동행했을 뿐이다.

세상은 그에게 좁았고 더 이상 크게 할 일이 없었기 때문이었다.

하지만 세상에 저토록 많은 대륙이 있다면, 할 일이 그토록 많다면 굳이 곤의 옆에서 바짝 붙어 있을 필요는 없었다.

물론 사나이의 약속이 있으니 곤의 일이 끝날 때까지는 끝까지 함께할 것이다.

"자, 그건 나중에 생각하자고. 삼안, 안내해."

삼안은 고개를 끄덕이고는 앞을 향해서 걸었다.

*　　*　　*

삼안족의 발키리 엔리와 레아는 급히 유니콘을 몰아 달리고 있었다.

두 필의 유니콘이 달의 세계를 질주했다. 그녀들이 가는 곳은 봉인된 포탈이 있는 곳이었다.

부서진 달의 세계와 지상을 연결시키는 포탈은 모두 열두 곳이었다.

엔리와 레이가 마을 어르신들에게 듣기로는 예전에는 포탈을 통해 대륙과 삼안족은 교류가 빈번하였다고 한다. 하지만 어느 순간, 돌변한 인간들로 인해서 삼안족은 막대한 피해를 입었고 포탈을 파괴할 수밖에 없었다.

인간들은 삼안족의 불로불사와 세 번째 눈을 원했던 것이다.

아무리 대단한 삼안족이라고 하더라도 엄청난 물량 공세를 펼치는 인간들을 상대로 언제까지고 싸울 수는 없었다.

잘못하면 그들의 고향인 부서진 달의 세계까지 파괴될 수가 있었다.

삼안족이 살아날 수 있었던 것은 놀랍게도 광전사 폭스겐 때문이었다.

그가 세상에 알려진 일곱 개의 포탈을 파괴시켜 준 덕분에 삼안족은 인간들에게서 숨을 돌릴 수가 있었다. 그렇다고 삼안족의 평화가 오랫동안 이어진 것이 아니었다.

수천 년 뒤 폭스겐에 의해 반쯤 멸망했던 인간들은 다시금 번성을 누렸다.

인간들은 끊임없이 불로불사를 원했고, 그들의 집요한 집착은 부서진 달의 세계로 통하는 나머지 포탈을 찾아냈다.

삼안족은 사력을 다해서 그들을 막아냈지만 포탈이 뚫리는 것은 시간문제였다.

그때 그들을 다시 한 번 도와준 것이 바로 리치 킹이었다.

리치 킹은 인간들을 모조리 몰아내고 모든 포탈을 파괴시켰다.

딱 하나만 남겨두고. 그러고는 그 포탈을 자신의 던전 속에 봉인을 시켰다.

그러고는 자신의 사천왕에게 부탁해 영원히 던전을 지키도록 했다.

사천왕은 자신들이 리치 킹의 유물을 지키는 줄 알았지, 부서진 달의 세계로 통하는 포탈을 지키는지 생각도 하지 못했을 것이다.

리치 킹은 부서진 달의 세계로 떠나면서 말했다.

'아주 오랜 시간이 지난 뒤, 누군가 이곳을 찾아오면 말을 전하시오. 인과관계는 끝나지 않았다고.'

리치 킹은 그 말을 끝으로 대륙으로 떠났다. 하지만 아무도 그의 말이 무엇을 뜻하고 있는지 알 수 없었다.

오랜 시간이 지나고 그의 말은 전설로만 남았다. 지금은 리치 킹이 전한 말을 기억하고 있는 삼안족도 몇 명 되지 않았다.

하지만 엔리와 레아는 과거의 사실을 장로님에게 들어서 어느 정도 사실을 알고 있었다. 간혹 포탈을 살피는 일도 그녀들이 행할 일이었다.

그러나 그녀들 역시 포탈이 열릴 것이라고는 생각하지 않았다. 그저 포탈은 그녀들이 아무도 모르게 놀 수 있는 놀이터나 마찬가지였으니까.

그런 포탈이, 갑작스럽게 열린 것이다.

그녀들은 전력을 다해서 유니콘을 몰았다. 만약 자신들을 만나기 전에, 워리어들이 그들을 발견하면 크게 낭패를 볼 수도 있었다.

퍼퍼퍼펑!

마을에서 붉은색 불꽃이 솟구쳤다.

워리어들이 이미 출발을 했다는 뜻.

"서두르자."

엔리가 동생 레아를 재촉했다. 레아는 고개를 끄덕였다. 그들이 몰고 있는 유니콘의 속도가 점점 빨라졌다.

*　　*　　*

코르타와 다섯 명의 워리어들은 발키리들보다 먼저 포탈 근처에 도착했다.

워리어라고 하지만 엘프만큼이나 아름다운 외모를 하고 있는 사내들이었다. 머리카락은 안드리안과 같이 불타는 붉은색이었다.

그들의 이마에서 삼안이 번뜩이며 주위를 훑었다. 코르타는 포탈의 주위에서 인간들의 흔적을 찾았다.

포탈 근처에는 발자국이 어지럽게 흩어져 있었다. 비록 중력이 낮은 달의 세계지만 워낙 흙의 입자가 고와서 살짝만 밟아도 발자국의 미세한 형태까지 그대로 남았다.

"이곳으로 넘어온 자는 모두 다섯 명이다. 그중에서 두 명은 여자군. 쫓아라."

코르티는 낮게 중얼거렸다. 발키리보다 서둘러 인간들을 찾아야 한다. 그들을 찾아서 전설은 헛소리라는 것을 보여줘야 한다.

아직까지 전설을 믿고 따르는 발키리들을 코르티는 이해할 수가 없었다.

이렇게 천 년만 더 흐르면 삼안족은 멸망하고 만다. 전설에 의지해서 언제까지고 이곳에 머물 수는 없었다.

코르타는 유니콘에 올라탔다.

그가 고삐를 당기자 유니콘은 방향을 바꿔 곤이 걸어간 곳을 향해 달리기 시작했다. 다른 워리어들 역시 마찬가지였다.

대륙 사람들은 유니콘을 신비의 동물이라고 여기고 있었다.

그도 그럴 것이 유니콘을 본 사람은 거의 없었다. 문서로만 남아서 전해질 뿐이었다.

문서에서 유니콘은 '겉은 말과 비슷하다. 하나 이마에는 뿔이 달려 있고, 색은 하얗다. 말보다 족히 세 배는 빠르며 지치지 않는다. 인간처럼 생각을 할 수 있고 한번 모신 주인은 평생 섬긴다. 충성심이 높지만 주인을 섬기지 않는 유니콘은 무척이나 포악하다' 라고 적혀 있었다.

그런 유니콘이 달의 세계에서는 말 대신 사용하고 있는 것이다.

돈으로는 환산할 수 없는 대단한 값어치를 가진 존재 유니콘. 인간들이 봤던 욕망에 휩싸여 눈이 뒤집혔을 것이다.

유니콘을 탄 코르티와 워리어들은 빠른 속도로 곤의 뒤를 따라잡았다.

"응?"

곤이 뒤를 바라봤다. 뒤쪽에서 이질적인 기운이 느껴지고 있었다.

모두가 뒤를 바라봤다. 뿌연 흙먼지가 허공으로 흩날리고 있었다.

흙먼지 사이로 다섯 필의 말이, 아니, 유니콘이 날듯이 달려오고 있었다.

그렇지 않아도 말보다 훨씬 빠른 속도를 가진 유니콘인데 이곳은 중력이 약하다. 유니콘은 엄청난 속도로 곤이 있는 곳까지 다가왔다.

"우와, 전설 속의 신수다."

"신수?"

카시어스의 말에 곤이 되물었다. 그에게 신수란 구미호, 호랑이, 용, 현무와 같은 동물들이었다.

호랑이는 본 적이 있지만 나머지는 어떻게 생겼는지조차 모른다.

그런 신수가 나타났다고 하자 곤은 흥미를 가진 것이다.

"지금 저들이 타고 있는 말이 신수야. 유니콘이라고 하지."

곤은 코앞까지 달려온 유니콘을 보았다. 이마에는 커다란 뿔이 달려 있었다.

몸은 백마처럼 하얗다.

조금 특이하기는 했지만 신수라고 느낄 만한 특별한 기운을 받지는 못했다. 곤의 입장에서는 그저 뿔이 달린 말일 뿐이었다.

다섯 필의 유니콘이 곤의 앞에서 멈췄다.

"나는 삼안족의 워리어, 코르타다. 너희가 포탈을 넘어서 온 자들이냐?"

코르타는 말 위에 앉아서, 무척이나 고압적인 자세로 곤과 동료들에게 말했다.

곤은 가만히 있지만, 씽과 카시어스, 데몬고르곤은 그렇지 않았다.

그들의 눈매가 실룩거렸다. 어떤 기사도 자신들 앞에서 말에 탄 채, 저런 말을 하지 못한다.

삼안은 조금 당황했다. 그토록 만나고 싶었던 동족이 처음부터 일행에게 미운털이 박히는 것처럼 보였다. 삼안족은 강하다. 그것은 그녀 본인이 가장 잘 알고 있었다.

하지만 동료들은 훨씬 더 강하다.

씽과 카시어스, 데몬고르곤은 아슬란 왕국에서 적수를 찾기 어려울 정도로 강자였다. 자신 또한 마찬가지였다. 과거에는 자신이 강할지 몰랐지만, 지금은 다른 인격인 안드리안이 더욱 강했다.

그리고—

곤.

그의 무력은 아무리 삼안을 가진 그녀라고 하더라도 측정이 불가능했다.

얼마나 강할지 짐작조차 가지 않는다. 예전에 씽을 살리기 위해서 대혈투를 벌였던 당시보다 훨씬 더 강해졌다는 말이 옳을 것이다.

그런 이들 앞에서 저런 무례한 행동이라니.

삼안은 슬쩍 동료들의 눈치를 살폈다.

"우리가 대륙에서 온 사람들은 맞아. 그런데… 사람을 위에서 내려다보는 행동은 예의가 아닌 것 같은데."

곤은 담담한 어조로 코르타에게 말했다.

코르타는 인간들을 쭉 훑어보았다. 이들은 겨우 인간들이었다.

족장은 인간들을 가리켜 이렇게 말했다.

'인간은 무척이나 비열하지. 앞에서는 똥 마려운 강아지처럼 살랑대지만 그것을 믿었다가는 반드시 뒤통수를 맞아. 우리 선조들은 그렇게 인간들에게 배신을 당해서 두 번이나 멸망을 할 뻔했다. 인간은 절대로 믿어서는 안 돼.'

코르티는 그런 족장의 가르침을 받으면서 살았다. 하여 태어나서 인간들을 처음 봤지만, 적의를 내비쳤다.

"닥쳐라, 인간 놈들. 우리 세계의 왔으면 우리의 법을 따라야 정상이거늘."

알 수 없는 적개심에 코르타는 곤과 동료들을 향해서 노성을 질렀다.

"헐, 다짜고짜 욕부터 해."

카시어스는 어이가 없다는 표정을 지었다. 그리고 삼안을 바라봤다. '너희 종족은 원래 이래?' 라는 표정이었다.

언제나 냉정을 유지하는 삼안이지만 지금만큼은 무척이나 부끄러워서 고개를 들 수가 없었다.

"인간들로부터 시작된 가짜 전설, 너희를 잡아다가 그 사실을 낱낱이 까발리겠다. 무릎을 꿇어라. 그럼 다치지 않게 데려가마."

점입가경이다.

코르타와 워리어들은 자신만만하게 외쳤고, 삼안은 고개를 숙였으며, 곤과 동료들은 재밌다는 표정을 지었다.

아직까지 분위기를 파악하고 있지 못하고 있는 코르타와 워리어들이었다.

그들은 자신들이 주도권을 잡았다고 생각했다. 다시 말 하지만 삼안족은 강하다.

예전부터 강했고 그것은 수천 년간 변함없는 생각으로 굳어졌다.

자신들이 인간들보다는 월등하게 강하다는…….

하여 상대방의 분위기가 심상치 않음에도 그들은 조금도 겁을 먹지 않았다.

"아, 정말 안드리안을 봐서 죽이진 않을 테니까, 니들 유니콘에서 내려와 무릎을 꿇어라."

카시어스는 워리어들을 보며 말했다.

코르타는 어이가 없다는 표정을 지었다. 겨우 다섯 명이서, 인간들 따위가 자신을 협박한다는 사실을 믿을 수가 없었다.

문득, 인간들 때문에 삼안족이 달의 세계에 갇혀 있다는 사실이 떠올랐다. 화가 치밀어 오른 코르타가 유니콘에서 내렸다.

그의 삼안이 희번덕거리며 살기를 뿌렸다.

곤은 워리어들을 유심히 살폈다.

이들은 안드리안과 조금 다른 듯했다. 안드리안의 삼안은 어지간해서는 떠지지 않는다. 부서진 달이 만월로 떠야만 삼안이 개안했다. 하지만 이들은 처음부터 삼안이 떠져 있었다.

그렇다면 이들의 인격은 하나일까, 아니면 안드리안처럼 두 개일까.

곤은 삼안족와 어지간해서는 싸우기가 싫었다. 안드리안은 고향에 꼭 한번 오고 싶어 했고, 자신의 뿌리를 찾고 싶어 했다.

곤 역시 고향으로, 혜인에게 돌아가고 싶었다. 그러기 위해서는 차원을 이동할 수 있는 방법을 알아야만 했다.

삼안족이 가진 신비한 기술이라면 그것을 알려줄 수 있을 듯했다.

삼안족에게서 차원이동기술을 배우지 못하면, 또다시 세상의 모든 신비를 뒤져야만 한다.

어쩌면 죽을 때까지 혜인에게 돌아갈 방법을 찾지 못할 수도 있었다.

곤은 시근덕거리는 카시어스를 말렸다.

"왜?"

카시어스가 발끈했다.

"잠시만, 다짜고짜 저들과 싸울 필요는 없잖아. 우리는 이곳에 대해서 아무런 정보가 없다고. 대화를 하자고."

"음, 그건 그렇지."

그제야 성난 망아지처럼 날뛰려고 하던 카시어스가 한발 물러났다.

그녀도 라덴 왕국과의 전쟁에서 정보가 얼마나 중요한지 깨달았다.

과거, 리치 킹을 필두로 사천왕은 강자였다. 엄청난 숫자의 암흑의 군단을 이끌고 인간들이 세운 왕국들을 쳐부수기만 하면 됐다.

하지만 약자에 입장에서는 강자를 쓰러뜨리기 위해서 반

드시 정보가 필요했다.

그리고 곤이 정보를 얼마나 중요시하는지도 알고 있었다. 일단 정보를 얻고 나면 운신의 폭이 상상 이상으로 넓어진다.

곤은 살기를 뿌리는 코르타에게 말했다.

"우리는 싸우려고 이곳에 온 곳이 아니오."

"그건 모르겠고, 일단 무릎부터 꿇어."

"음, 일단 대화부터 해보는 것이 낫지 않겠나?"

"아, 됐으니까. 그건 모르겠고. 무릎부터 꿇어. 그럼 대화를 해줄게."

곤의 이마에서 살짝 심줄이 솟아올랐다.

"우리는 당신들과 대화를 하고 싶소. 안드리안, 아니, 삼안. 얘기 좀 해봐요."

곤은 삼안을 바라봤다.

삼안은 기다리고 있다는 듯이 앞으로 나와 코르타에게 말을 했다.

"저는 삼안족이에요. 하지만 고향은 태어나서 처음입니다. 아무것도 아는 것이 없어요. 도와주셨으면 합니다."

코르타는 삼안을 유심히 바라보았다. 붉은 머리와 세 번째 눈은 그녀가 삼안족이라는 확실한 증거였다.

"알았어. 알았으니까 무릎부터 꿇어. 더 이상의 대화는 거절하겠다."

곤의 머리에서 흰 연기가 나오는 것 같았다. 도대체 이놈들은 말이 통하지 않는다. 답답한 벽창호를 보고 이야기를 하는 느낌이었다.

"이봐! 내가 하는 말이 이해가 되지 않나!"

끝내 곤의 언성이 높아지고 말았다.

"이 자식들이 어딜 와서 행패야! 당장 무릎을 꿇지 않으면 실력을 행사하겠다!"

코르타가 다가와 곤의 어깨에 손을 얹었다.

동시에—

빡 소리와 함께 코르타의 고개가 뒤로 젖혀졌다.

주르륵.

코르타의 양쪽 코에서 피가 흘러내렸다.

"피? 이 새끼들이 감히 내가 누군 줄 알고."

코르타는 코를 움켜잡고 곤을 보며 사납게 외쳤다.

곤은 담담히 소매를 걷고 있었다.

그러고는 주먹으로 코르타를 후려치기 시작했다. 코르타와 남은 워리어들이 다급하게 곤에게 대적을 했지만 그들의 능력으로는 도저히 곤을 이겨낼 방도가 없었다.

"자, 잠시만요. 얘기 좀 해요."

끝내 워리어들의 입에서 비명이 터져 나오고 말았다. 그들은 애원했지만 '내가 아까부터 얘기를 하자고 했잖아' 라고 곤은 말하며 구타를 멈추지 않았다.

전설의 인물들이 위험해지면 안 된다. 그들을 구하기 위해서 전력을 다해 유니콘을 몰던 엔리와 레아는 희한한 장면을 목격했다.

위리어들 중에서도 상급 전투력을 가진, 엔리와 레이도 함부로 할 수 없는 능력을 가진 코르타가……. 개 맞듯이 맞고 있는 모습을.

너무 고지식하여 말이 통하지는 않지만, 완벽에 가까운 무투술로 발키리들을 공포로 몰아넣었던 코르타가 살려달라면서 외치고 있었다.

"이, 이게 무슨 일이람?"

"내 말이."

엔리와 레이는 어이가 없다는 표정으로 서로를 마주보았다.

Chapter 6. 삼안족의 비애

곤과 동료들은 엔리와 레아의 인도를 받아 삼안족의 마을에 다가서고 있었다.

그들은 모두 유니콘을 탔다. 유니콘에 처음 타보는 카시어스는 신이 났다.

"야호! 이거 장난 아닌데!"

카시어스는 자신은 이곳에서 전혀 상관이 없다는 인물이라고 말을 하는 듯 혼자서 유니콘을 타고 마구 주변을 뛰어다녔다.

확실히 그녀가 탄 유니콘은 엄청나게 빨랐다. 보통 말보다 서너 배는 빠른 듯했다.

워낙 속도가 빨라서 본인조차 제대로 제어를 하지 못하는 모양이었다.

"츠츠, 어린애처럼."

그런 카시어스를 보며 데몬고르곤은 혀를 찼다. 그가 타고 있는 유니콘은 다리가 후들거렸다.

그는 일반적인 전마를 타지 못한다. 그의 거대한 육체와 몸무게를 버틸 말이 거의 없었다.

그나마 지금 유니콘이 버티고 있는 것은 중력이라도 가볍기 때문이었다.

코르타와 워리어들은 사로잡힌 채 터벅터벅 걸었다. 그들의 몸에는 노란빛을 내는 밧줄이 휘감겨 있었다. 일반적인 밧줄과는 달랐다.

레아의 말로는 힘이 강한 워리어들을 잡아놓기 위해서 만든 강화 마법 속성이 있는 밧줄이라고 하였다.

"당신들은 왜 싸우고 있죠?"

곤은 앞에서 유니콘을 몰며 자신들의 눈치를 살피고 있는 엔리와 레아에게 물었다. 그녀들이 수군거리는 소리를 모두 들렸다.

"저 인간들은 도대체 누구지? 워리어들 중에서도 열 손가락 안에 들어가는 코르타를 맨손으로 때려잡을 수가 있다니."

"겉으로 보기에는 인간이지만, 사실은 인간이 아닌 것이 아닐까? 그 있잖아. 인간세계에는 드래곤이라는 것도 있다면서."

"그럴지도 모르지. 그나저나 저들을 마을로 데려가는 것이 잘하는 짓인지 모르겠다."

"족장님이 반드시 데리고 오라고 하셨잖아. 일단은 데리고 가봐야지."

곤의 청력이면 그녀들이 수십 미터 밖에서 목소리를 낮춰 얘기를 한다고 해도 들을 수가 있었다. 술법을 사용한다면 더 멀리서 말하는 소리도 듣는 것이 가능했다.

굳이 곤이 그녀들에게 말을 시킨 것은 삼안족에 대해서 알고 싶었기 때문이다.

그리고 워리어와 발키리라는 존재에 대해서도 궁금했다.

"네? 우리요?"

엔리는 화들짝 놀라서 곤에게 되물었다. 발키리는 여전사다. 어지간한 일에는 겁을 먹지 않는다.

하나, 인간이 달의 세계에 나타난 것은 천 년 만에 처음이었다.

그녀들이 태어나기 훨씬 전의 일이었다. 전설로만 남았으니 그녀들이 두려움의 마음을 갖는 것은 어찌 보면 당연한 일이었다.

또한 발키리의 적인 워리어의 상급전사를 주먹으로 패서 쓰러뜨리지 않았던가.

"그렇소. 워리어와 발키리라니. 삼안족이 두 부족으로 나뉜 겁니까?"

곤은 궁금한 것을 솔직하게 물었다.

"네, 저희 부족은 워리어와 발키리로 나뉘었어요."

엔리도 시원스럽게 대답을 해주었다.

"혹시 워리어란 부족과 발키리란 부족은 남녀가 나뉜 것을 뜻합니까?"

"맞아요. 워리어는 삼안족의 남성을 뜻하고 발키리란 여성으로 이뤄진 부족이에요."

"왜?"

삼안족이 왜 두 개로 쪼개졌냐는 뜻이었다.

"그건."

"언니……."

레아가 엔리의 입을 막았다. 처음 보는 사람이었다. 은연중에 인간들은 믿지 못하는 종족이라는 불신도 깔려 있었다. 그렇기에 더 이상 말을 함부로 하기가 쉽지 않았다.

"아, 음, 자세한 내용은 저희 족장님을 만나서 말씀을 해보시는 것이 좋을 것 같아요."

"알겠습니다. 마을까지는 아직 많이 남았습니까?"

"아니에요. 곧 도착해요."

엔리의 말대로 1시간이 채 걸리지 않아 발키리의 마을에 도착했다.

"우와!"

발키리의 마을에 도착한 카시어스는 탄성을 질렀다. 곤과 동료들은 인간들이 말하는 중소 규모의 마을을 생각했다.

하지만 입구에서부터 엄청난 건축물에 입이 벌어져서 다물어지지가 않았다.

성문의 높이만 수십 미터에 이른다. 인간이 만든 건축물과는 완전히 달랐다.

성벽은 완만한 곡선을 이뤘고, 돌을 쌓아서 만든 이음새가 전혀 보이지 않았다. 마치 저 거대한 성벽이 통째로 찍어낸 것처럼 보였다.

마을로 들어가는 성문도 마찬가지였다. 양쪽으로 거대한 건축물이 별이 가득한 하늘을 향해서 솟구쳐 있었고 성문은 없었다.

성문 대신 알 수 없는 기이한 빛이 그것을 대신했다. 예를 들자면 빛이 나는 슬라임이 성문을 가로막고 있는 듯했다.

완전히, 완벽히 인간 세상의 문명과는 차원이 달랐다.

특이하면서도 아름답다고 해야 할까.

미적 기준이 인간과는 확연하게 다르다는 것을 느낄 수가 있었다.

곤도, 씽도, 카시어스도, 데몬고르곤도 처음 보는 건축물들을 보며 신기해했다.

그것은 삼안도 마찬가지였다. 이곳이 그녀의 뿌리지만 태어난 곳은 인간 세상이었다.

인간의 교육을 받고, 인간의 생각으로 살았다. 같은 삼안족의 문명이라고 하더라도 그녀에게 이곳은 낯설고 신비스러울 수밖에 없었다.

엔리와 레아가 슬라임과 같은 성문을 통과했다.

곤과 동료들은 잠시 머뭇거렸다. 한 번도 이런 경험이 없어서 어떻게 해야 할지 알 수가 없었다.

엔리의 머리가 슬라임 밖으로 쏙 나왔다.

"왜 안 들어오세요?"

그녀가 물었다.

"그냥 안으로 들어가면 되는 겁니까?"

곤이 되물었다.

"당연하죠. 왜요?"

엔리는 이해할 수 없다는 듯이 고개를 갸웃거렸다. 그녀도 인간 세상을 모른다. 당연히 인간들의 성문도 이렇게 되어 있다고 판단한 모양이었다.

"알았소."

곤은 고삐를 당겨서 유니콘을 전진시켰다. 그가 타고 있는 유니콘의 머리가 슬라임처럼 생긴 성문을 통과했다.

곤은 특별한 느낌을 받았다. 몸의 무엇인가가 쑥 빠져나가는 느낌이랄까.

언젠가 이런 느낌을 한번 받은 적이 있는 것 같았다. 그러나 그 느낌을 언제 받았는지 알 수는 없었다. 그저 그런 것만 같았다, 라고 느낄 뿐이었다.

곤이 성문 안으로 들어서자 동료들도 따라 움직였다. 슬라임의 성문을 통과하며 카시어스는 요상한 소리를 해댔다.

"우와, 우와, 느낌 완전 이상해. 누군가 긴 혀로 내 몸을 샅샅이 핥는 느낌이야. 우와, 이거 미치겠는걸."

그녀의 말을 들은 엔리와 레아의 얼굴이 붉게 물들었다.

그런 쪽에서는 삼안족도 인간들과 별반 다를 것이 없는 모양이었다.

성 안쪽의 건물들도 특이하기는 마찬가지였다.

건축물들은 1층에서 5층까지 가지각색이었다. 인간들이 세운 건축물과 다른 점이 있다면 이곳은 모든 것이 곡선으로 되어 있다는 것이다.

대체로 붉은색 위주였다.

그리고 성벽처럼 모든 건물들은 이음새가 없이 통짜로 찍어낸 모습이기도 했다.

어떻게 저런 식으로 건축물을 만들 수 있는지 신기할 따름이었다.

조선도, 일본 제국도 저런 식으로는 건축물을 만들 수가 없었다.

굳이 비슷한 건축물을 찾자면 북의 호랑이라고 불리던 아라사의 건물들과 조금 닮았다. 그러나 아라사인들 역시 저토로 정밀하게 만들지는 못했다.

이곳은 마을이 아니라 도시라고 해도 무방했다.

"삼안족의 인구가 꽤 많은 모양이군요."

"인구요?"

"네. 이 정도의 규모라면 족히 만 명 이상도 거주가 가능할 것 같은데요."

"만 명이라……."

곤의 말에 엔리의 얼굴이 급격하게 어두워졌다. 레아는 길게 한숨을 내쉬었다. 그녀들이 왜 그런 표정을 짓는지 곤은 알지 못해 의아할 뿐이었다.

"제가 무슨 말실수라도?"

곤은 조심스럽게 물었다.

"아니요. 그건 아니고요. 하아, 한때 저희 삼안족도 찬란한 문명을 자랑할 때가 있었죠. 하지만 이젠… 아니에요."

"그게 무슨 말인지."

"저희 발키리족은 이제 천 명 정도밖에 남지 않았어요."

"천 명이요?"

"네."

곤은 주위를 둘러보았다. 이토록 아름다운 건축물이 가득한데, 전쟁의 흔적이라고는 찾아볼 수가 없는데 겨우 천 명밖에 없다니 믿을 수가 없었다.

이 정도의 도시를 건설하기 위해서는 천 명으로는 어림도 없었다.

곤은 이해할 수가 없었다.

"워리어라는 자들과 전쟁 때문입니까?"

"아니에요. 그들과 적대 관계이기는 하지만 전쟁을 벌인 것은 아닙니다. 이건… 하아, 이것 역시 족장님께 설명을 들어야 할 것 같네요. 저희 종족은 모두 아는 얘기지만, 함부로 얘기 할 수도 없는 문제네요. 죄송합니다."

엔리는 미안하다는 듯이 고개를 꾸벅 숙였다.

곤은 더 이상 물을 수가 없었다. 그녀의 말대로 족장이라는 자를 만나지 않으면 의문은 해소되기가 어려울 듯했다.

"다 왔네요. 저기예요."

도시 중앙에는 하늘을 향해서 엄청난 크기의 궁이 있었다. 그것 역시 이음새가 하나도 보이지 않는 특이한 건축물이었다. 다른 건축물과 조금 다른 점이 있다면 훨씬 크고, 높다는 것이다. 이제껏 곤이 봐왔던 어떤 건물들보다도 높았다.

적게 잡아도 수백 미터 이상.

인간은 이런 건물을 만들지 못한다. 아무리 삼안족이라고 하더라도 수백 미터가 넘는 건물을 만들 것이라고는 믿기지 않았다.

흡사 저것이야말로 신의 궁전이 아닐까 생각해 보는 곤이었다.

*　　*　　*

삼안족의 족장.

발키리 폰 쉐르네일이 곤 일행을 영접해 주었다. 족장이라고 하기에 나이가 많은, 오랜 시간을 살아와 현기가 가득한 노파라고 생각했지만 오산이었다.

폰 쉐르네일은 현실에서 볼 수 없을 만큼 미인이었다. 굴곡진 몸매와 작은 얼굴, 눈처럼 하얀 피부는 천사가 이곳에 있는 것이 아닐까 착각을 불러 일으켰다.

곤이 태어나서 봤던 여자들 중에서 아름답기로 치자면 단연 일등이었다.

현실적으로 이런 아름다운 여자가 있다는 것이 반칙이었다.

다른 여자들이 삼안족의 족장을 보자면 여자로서의 자존감이 사라지고 말 테니까.

또한 세 개의 눈은 그녀를 더욱 신비스럽게 보이게 했다.

그리고 그녀가 한 첫 번째 한마디도 무척이나 뜻밖이었다.

“어서 오세요. 기다리고 있었어요.”

기다리고 있어?

누구도 그녀의 말뜻을 이해하지 못했다.

곤과 동료들은 부서진 달의 세계에 처음으로 발을 내디뎠다.

모르긴 몰라도 이곳에 발을 디딘 인간은 자신들이 처음이 아닐까 조심스럽게 예측해 본다.

포탈은 인간의 문명의 것이 아니었고 삼안족 고유의 것이었다. 이들의 허락이 없다면 부서진 달의 세계에 발을 내딛는 것은 불가능하다.

과거 인간과 삼안족 사이에 무슨 일이 있었는지 알지 못하는 곤은 그렇게 생각할 수밖에 없었다.

“궁금한 것이 많을 것이라 생각해요. 이리로.”

폰 쉐르네일은 손가락조차 우아한 모습으로 앞장서며 문 안으로 들어갔다. 그녀의 주변으로 투명한 실루엣이 펼쳐졌다. 곤과 동료들은 그녀의 뒤를 쫓아서 갈 수밖에 없었다.

그녀가 곤과 동료들은 초대한 곳은 거대한 응접실이었다.

바닥이 보이는 투명한 수정이 식탁으로 만들어져 있었다.

"미, 미스릴?"

탁자와 의자를 본 카시어스는 깜짝 놀랐다.

미스릴은 인간 세상에서 나올 수 있는 금속 중 최고의 금속이었다. 외형은 투명한 수정처럼 되어 있고 경도는 그리 높지 않았다. 하지만 다른 금속과 섞이면 그 효율은 상상을 초월했다.

만약 신의 금속이라는 오르하르콘과 섞이게 되면……. 본래 가진 오르하르콘의 능력보다 적게는 두 배, 많게는 서너 배 이상의 능력을 발휘할 수가 있었다.

그런 미스릴이 전혀 가공되지 않은 채 통째로 식탁과 의자가 되어서 놓여 있는 것이다.

탁자의 길이는 족히 20여 미터, 넓이는 1미터가 조금 넘는다. 두께는 20센티에 달한다. 이 탁자를 돈으로 계산한다면 금화 2억 개 정도의 값어치를 할 것이다.

말 그대로 상상을 초월하는 액수였다.

"모두 편히 앉으세요. 오랜 만에 저희 세계에 오신 손님이신데, 대접은 제대로 해야지요."

폰 쉐르네일은 곤과 동료들을 보며 싱긋 웃었다. 이윽고 삼안족 메이드들이 상당한 양의 음식들을 가져와 식탁 위에 올려놓았다.

"으음. 이건 뭐꼬."

카시어스는 자신 앞에 올려진, 산더미처럼 쌓인 음식물인지 뭔지 모를 것들을 바라보았다.

가지각색의 색을 가지고 있지만 모두가 투명하며 젤리처럼 부드러웠다. 딱히 군침이 돌거나 맛있어 보이지는 않았다.

"인간들의 음식과는 조금 다르게 생겼죠? 하지만 맛은 당신들의 음식과 크게 다르지 않을 겁니다. 한 번 맛을 보세요."

곤과 동료들이 머뭇거리는 모습을 보이자 폰 쉐르네일은 그들의 마음을 이해한다는 듯이 빙그레 웃으며 말했다. 마음이 안정되는 미소였다.

곤과 동료들은 자신도 모르게 포근함을 느끼며 눈앞에 있는 젤리와 같은 음식을 들어서 한입 베어 먹었다.

"오오오오!"

모두의 눈이 엄청나게 커졌다.

이런 맛!

난생처음이었다. 과일의 향, 고기의 육즙이 한데 섞여 있는 것만 같았다.

곤과 동료들은 난생처음 먹어보는 신비한 맛에 체면을 팽개치고 앞에 놓은 음식을 모두 삼켰다. 놀랍게도 색이 다른 젤리마다 음식 맛 또한 달랐다.

또한 젤리와 같은 음식은 기분 좋은 포만감을 주었다. 많은 육류를 섭취하면 속이 꽉 막힌 것과 같은 포만감을 주지만 이 음식은 그렇지 않았다.

그 많은 양의 음식을 먹었지만 속이 전혀 불편하지 않았다. 오히려 마음까지 편안해진다.

곤과 동료들은 산더미처럼 쌓인 음식을 도저히 믿을 수 없게도 모두 먹어치웠다. 씽과 데몬고르곤은 평상시에도 식성이 좋다.

그러나 곤과 카시어스, 안드리안은 식탐도 없고 그리 많이 먹는 편도 아니었다.

그럼에도 그들은 식탁 위에 놓인 음식을 모두 먹었다. 그만큼 음식은 입안의 혀에서 감미롭게 녹아내렸다.

그들이 식사를 하는 모습을 폰 쉐르네일은 차를 마시면서 미소를 지으며 지켜봤다.

"아, 진짜 잘 먹었다. 뱀파이어인 내가 이토록 많은 음식을 섭취할 줄이야."

카시어스는 배를 두드리며 말했다.

"잘 먹었다니 다행이네요."

폰 쉐르네일은 빙긋 웃었다.

메이드들이 그들 앞에 놓인 접시를 치우고 차를 가져왔다. 특이한 차였다. 냄새는 그윽하고 심신을 안정시켜 주는 효과

가 탁월했다.

그들은 조용히, 폰 쉐르네일이 입을 먼저 열 때까지 차를 마셨다.

"우선 제 소개부터 하겠습니다. 저는 발키리의 족장으로 폰 쉐르네일이라고 합니다."

환상 속에서나 볼 수 있는, 꿈에서나 볼 수 있을 것 같은 아름다운 여인인 폰 쉐르네일이 자신에 대해서 짧게 소개했다.

그녀는 자그마치 이천 년을 넘게 살아온 지고의 존재였다. 짧은 인간의 수명으로는 도저히 감이 오지 않았다.

물론 대륙에도 수명이 긴 종족들이 다수 존재한다.

아직 한 번도 보지 못한, 전설 속의 존재인 드래곤의 수명은 자그마치 5천 년이라고 한다. 뭐, 전설 속의 존재니까 그럴 수도 있다. 보이지도 않는데 무슨 말을 못하랴.

직접 두 눈으로 본 수명이 긴 종족은 드워프와 엘프였다.

드워프 칸툰과 엘프 시아. 모두 리치 킹의 던전을 발굴할 때 헬리온 후작의 수하로 있었다. 지금은 각자의 종족으로 돌아갔지만 그들은 헬리온 후작과 긴밀한 연계를 해왔다.

듣기론 드워프의 수명은 최소 삼백 년, 엘프의 수명은 오백 년이라고 한다. 특히 하이엘프는 평균 수명이 천 년 가까이 된다고 하니 놀라울 따름이었다.

겨우 백 년 정도만 사는 인간으로서는 꿈의 수명이나 다름 없었다.

그런데……. 폰 쉐르네일은 이천 년을 살았다고 하니 놀라지 않을 수가 없었다.

곤은 잠시 생각을 해봤다. 2천 년 전이라면 삼국 시대가 아니던가. 보이지도 않던 까마득한 고대에서부터 살아온 존재라니, 참으로 실감이 나지 않는다.

소개를 모두 마치지 폰 쉐르네일은 물끄러미 곤과 동료들을 바라봤다.

"특이하군요. 이곳에서 순수한 인간은 곤 님밖에 없다니."

폰 쉐르네일은 모두의 본질을 순식간에 파악했다. 씽은 수인이다.

카시어스는 진뱀파이어, 데몬고르곤은 악마와 인간의 혼혈이었다.

그리고 삼안 역시 인간과 삼안족의 혼혈. 그녀의 말대로 순수한 인간은 곤밖에 없었다.

"그럼… 그가 말한 사람은 곤 님이겠군요."

"그라니요?"

곤은 고개를 갸웃거렸다. 누군가 자신을 지목했다는 것 자체가 이상했다. 그는 이곳 사람이 아니다. 조선 사람이다. 일본군 헌병에게 쫓기다 느닷없이 이세계로 떨어진 인물이었다.

그런 그를 누가 지목한다는 말인가.

"그건 차차 얘기하기로 하죠."

그녀는 삼안에게 고개를 돌렸다.

"당신은 샨을 많이 닮았군요."

삼안이 고개를 번쩍 들었다.

"샨? 샨이란 저희 아버지를 말씀하시는 겁니까?"

삼안이 급히 물었다. 그녀는 아버지를 알지 못한다. 당연히 이름도 몰랐다. 어머니는 죽는 순간에서야 그녀가 삼안족의 후예라는 것을 말해 주었다.

만약 말을 하지 않고 돌아가셨다면 그녀는 지금껏 자신의 존재가 무엇인지 몰랐을 것이다.

"맞아요. 당신은 그의 딸이군요. 확실히 느껴져요."

"제, 제 아버지의 대해서 말씀해 주세요."

"긴 얘기가 될 것 같네요. 그러니 조금 있다 하기로 하죠. 우선 모두가 궁금한 것을 얘기해 줄게요. 왜 저희가 천 명밖에 남지 않았고, 창대한 문명이 몰락했는지에 대해서."

곤과 동료들은 고개를 끄덕였다.

자신들의 일도 궁금하지만, 이 신비한 세계에 대해서도 궁금한 것이 많았다.

"도대체 왜 삼안족은 둘로 나뉘어서 싸우는 거죠?"

곤은 물었다.

"그것은 저희 종족의 몰락과 때를 같이합니다."

"때라 하심은?"

"저희 종족이 인간에게 쫓겨 이곳에 갇혔을 때, 만 명에 달했습니다."

폰 쉐르네일은 삼안족의 역사에 대해서 짧게 설명을 했다.

그리고 인간 세상에서는 악명 높은 광전사 폭스겐과 리치 킹에게 도움을 받아 간신히 살아남았다는 이야기는 모두를 경악시켰다.

특히 사천왕으로 이름이 높았던, 리치 킹의 최대 측근이었던 카시어스와 데몬고르곤조차 모르고 있던 비화였다.

"저희는 리치 킹이 말씀하신 대로 당신이 오기를 기다렸지요. 하지만 문제가 생겼습니다."

"그것이 무엇이죠?"

"가장 근본적인 문제. 생존이었습니다. 우리의 수명이 길다하나 기본적으로 자식을 낳아야 종족을 유지할 수 있지요. 그런데 어느 순간을 기점으로 저희 종족의 생명이 급속도로 줄었습니다. 둘 중 한 명은 보름도 살지 못하는 기형아가 태어났지요."

"설마?"

무리를 짓는 한 종족이 퇴보하는 길은 여러 가지가 있지만 그중에서도 극히 폐쇄된 종족이 빠르게 멸망의 길을 걷는 것은 곤이 아는 한… 단 하나뿐이었다.

입에 담기도 추악한……. 진실.

"곤 님께서는 짐작을 하시는군요."

폰 쉐르네일은 씁쓸하게 웃었다.

다른 사람들은 그녀가 왜 그렇게 웃는지 알 수 없었다. 그저 곤과 폰 쉐르네일을 번갈아 가면서 쳐다볼 뿐이었다.

"왜? 뭔데?"

카시어스는 곤의 옆구리를 툭 치면서 물었다. 곤은 폰 쉐르네일을 바라봤다. 말을 해도 되냐는 물음이었다.

"말씀해 주셔도 됩니다. 굳이 감출 내용도 아닙니다."

고개를 끄덕인 곤이 카시어스를 바라봤다. 씽과 삼안, 데몬고르곤도 말을 안 하지만 무척이나 궁금한 모양이었다.

"삼안족의 퇴보는… 근친이야."

"근친?"

카시어스는 이해가 되지 않는다는 듯 되물었다.

"그래."

"그, 뭐냐. 엄마랑 아들, 누나랑 동생, 아빠랑 딸이 뭐, 그렇고 그런 것?"

곤은 고개를 끄덕였다.

"우웩, 정말? 왜?"

"아마도 한정된 공간에 너무 오랜 시간 소수의 종족들이 모여 있었기 때문이겠지."

곤은 폰 쉐르네일을 바라봤다. 종족의 치부가 드러났지만 그녀의 표정은 크게 변화가 없었다.

어차피 모든 사실을 그가 알아야 한다고 생각했기 때문인지도 몰랐다.

"맞습니다. 저희 종족은 근친으로 수명이 대폭 줄었습니다. 백 년 전부터는 아이가 아예 태어나지도 않았습니다. 간혹 태어난다고 하더라도 모두 기형아뿐. 저희 종족은 멸족의 길을 걷고 있습니다."

"으흠."

삼안은 깊은 신음을 흘렸다. 그토록 와보고 싶었던 고향이지만, 이런 재앙이 닥쳤을지는 생각도 못했다. 무슨 말이라도 하고 싶지만 그녀가 도움을 줄 수 있는 일은 없었다.

"그런데 왜 종족이 두 개로 나뉜 거죠?"

곤이 다시 물었다.

"이래도 세월이 흐르면 몇백 년 안에 저희 종족은 세상에서 영원히 사라집니다. 하여, 저는 결단을 내려야 했습니다."

"어떤?"

"세상과 연결된 포탈은 단 하나, 리치 킹의 예언대로 구세주가 나타나게 되면 그를 따라 세상으로 나가는 겁니다. 솔직히 말하면 저희는 종족의 보존을 위해서 다른 남성이 필요합니다. 그것이 저희 발키리들의 생각입니다. 그러나……."

삼안족의 남성들 워리어, 삼안족의 여성들 발키리. 남녀로 나누기는 했지만 계급의 차이가 있거나 남녀 불평등이 있는 것은 아니었다.

재산 분배도 똑같고, 남녀는 매우 평등하다. 하지만 성(性)적인 면에서는 워리어와 발키리들의 의견이 달랐다.

발키리는 예언자를 통해 인간 세상에 나가 관계를 맺고 싶어 했다. 어찌 보면 당연한 것이다. 여자로서 자식을 보는 것은 본능과도 같은 일이니까.

그러나 워리어들은 그렇지 않았다.

종족의 여성들이 다른 종족의 남성들과 관계를 맺는 것은 극도로 부정하며 거부했다. 절대로 있을 수 없는 일이라며 반대했다.

발키리들은 멸족을 면해야 한다면서 워리어를 설득했다. 당신들도 인간의 여성들과 관계를 맺어 종족의 번식을 도우라면서.

하지만 발키리들의 말은 워리어에게 통하지 않았다. 서로의 감정은 극한으로 치달았다.

끝내—

워리어의 족장인 카펜트는 '당신들이 인간과 정을 통하겠다면 우리 워리어들은 가만히 있지 않겠소. 모조리 죽이는 한

이 있어도 그것을 막겠소이다' 라는 분노를 터뜨리며 도시를 떠났다.

현재 그들은 인구수가 줄어서 더 이상 도시를 운영할 수 없게 된, 엘도라도에서 머물고 있었다.

"같은 종족인 만큼 서로 죽고 죽이는 사이는 아니에요. 하지만 당신들이 포탈을 통해서 이곳에 도착했으니, 워리어들은 반드시 당신들을 죽이려 할 겁니다. 그게 안 되면 멸족을 감수하고 저희를 죽이려고 하겠죠."

그렇게 폰 쉐르네일의 짧은 얘기는 끝났다.

곤과 동료들은 묵묵히 그녀의 말이 끝날 때까지 경청했다.

이건 누구의 편을 들기도 애매했다. 여자들의 입장에서는 종족의 대가 끊어져서는 안 된다.

그것은 절대 명제였다.

설사 인간들과 관계를 맺어 자식을 낳는 한이 있더라도. 물론 인간과 관계를 맺었다고 해서 모두 삼안족이 되는 것은 아니었다.

대체로 7할의 확률로 삼안족이 태어난다. 그 정도면 나쁘지 않은 확률이었다.

그렇게 대를 이어나갈 수만 있다면 삼안족은 다시 예전의 영광을 되찾을 수가 있었다.

반면 워리어들의 입장은 그렇지 않았다. 그들은 다른 방법을 써서 멸족의 길에서 벗어나고 싶어 했다. 발키리가 인간들과 정을 통해서 부부로 산다는 것은 워리어들 입장에서는 끔찍할 정도로 싫은 것이다.

"만약… 인간들이 우리의 불로불사를 탐하지 않았다면 이런 일도 없었을 텐데……."

폰 쉐르네일은 길게 한숨을 내쉬었다.

곤은 삼안족이 어떤 식으로 불로불사를 유지하는지 알고 있었다. 바로 씽이 삼안에게 그 시술을 직접 받지 않았던가.

그들은 자신들의 노화된 심장을 인간들의 심장과 대체를 했던 것이다.

즉, 삼안족의 불로불사를 유지하기 위해서는 인간의 심장이 반드시 필요했다.

"불로불사를 포기하시죠. 그렇지 않아도 수명이 길지 않습니까."

곤이 말했다.

"솔직히 말씀드리죠. 몇몇 선조를 빼고는 저희 삼안족은 생명의 순리대로 살아갑니다. 불로불사의 방법을 알지만 결코 시전을 하지 않죠. 하지만 인간들은 그렇지 않습니다. 그들은 불로불사에 대한 욕망이 무척이나 강합니다."

폰 쉐르네일의 말에 곤은 고개를 끄덕였다.

모든 종족을 통틀어 인간만큼 권력욕, 명예욕, 수명에 대한 욕구 등 온갖 욕망을 가장 잘 드러내는 종족은 없었다. 수명이 가장 짧기 때문에 그런지도 모르겠다.

"그래서 어떡하실 생각이십니까?"

발키리와 워리어들의 갈등은 인간인 자신이 끼어들 문제가 아니었다.

오직 삼안족의 문제라고 봐야 했다. 하지만 이들의 갈등이 길어져서 좋을 것은 하나도 없었다.

폰 쉐르네일은 물끄러미 곤을 바라봤다.

곤도 그녀의 현기가 가득 담긴 눈을 응시했다.

"도와주세요."

"네?"

폰 쉐르네일의 입에서 전혀 예상도 하지 못했던 말이 튀어나왔다.

덕분에 곤은 지금껏 해보지 못했던 맥빠지는 단어로 대답을 할 수밖에 없었다.

"뭣을요?"

"저희 종족이 계속해서 달의 세계의 머물게 된다면 필히 멸족의 길을 가게 될 거예요."

"그거야……."

"저희를 인간 세상으로 인도해 주세요."

"아니, 워리어들은 어떡하고……."

"물론 그들과 같이 세상으로 나가야죠. 아무리 의견이 맞지 않는 워리어들이지만, 같은 종족이지 않습니까."

"그러니까 저희가 그것을 무슨 수로."

곤은 당황할 수밖에 없었다. 정말로 옆구리를 느닷없이 친 느낌이랄까. 이곳에 도착한지 얼마 되지도 않았는데 종족을 구해달라니.

도대체 왜?

"당신은 차원의 문을 열 수 있는 방법을 찾고 있죠?"

폰 쉐르네일은 단도직입적으로 물었다.

"그렇습니다."

"저는 차원의 문을 여는 방법은 모릅니다."

폰 쉐르네일의 말에 곤은 맥이 탁 풀리는 느낌을 받았다. 조선으로 돌아가기 위한 방법을 알기 위해, 달의 세계까지 왔는데 그것을 모르다니.

하지만 폰 쉐르네일의 다음 말이 곤의 귀를 번쩍 뜨이게 만들었다.

"대신 차원의 문을 열 수 있는 방법을 가진 자에 대해서 알고 있습니다."

"정말입니까?"

"제가 곤 님에게 거짓말을 할 필요가 있을까요."

곤은 주먹을 꽉 쥐었다. 이제 혜인에게 돌아갈 수 있는 길이 보이는 것 같았다. 안개 속에서만 헤매던 느낌이 조금은 밝아진 기분이었다.

"이것은 말씀드릴 수가 있습니다."

"어떤?"

"송구스러운 말씀이지만……. 곤 님은 미래를 향한 의지입니다."

"그게 무슨?"

조금도 이해할 수 없는 말이었다.

"지금 제가 드릴 수 있는 말씀은 거기까지입니다. 저희를 도와주실 수 있겠습니까?"

폰 쉐르네일은 간절한 눈빛으로 곤을 바라봤다. 곤은 그녀의 제안을 수락할 수밖에 없었다.

*　　*　　*

폰 쉐르네일과 삼안, 둘만이 응접실에 남아 있었다. 그녀들은 아무런 말 없이 차를 마셨다.

신기하게도 차는 따뜻한 온도를 유지했다. 시간이 지나도 차는 식지 않았다. 신기한 일이지만 그것에 대해서 삼안은 묻지 않았다. 그것보다 궁금한 것이 훨씬 많았기에.

"묻고 싶은 것이 많지?"

폰 쉐르네일은 삼안에게 물었다.

"네."

"아버지에 대해서지?"

"맞아요. 저는 아버지의 이름도 폰 쉐르네일 님께서 말씀해 주셔서 오늘 처음 알았어요."

"네 아버지……. 샨은 참으로 멋진 워리어였지."

폰 쉐르네일은 뭔가를 생각하는 듯, 뚫린 천장을 통해서 수없이 빛나는 별들을 바라보았다.

"네 아버지가 세상 밖으로 나간 것은 아주 오래전 일이야."

"얼마나요?"

"네 아버지는 리치 킹을 따라 세상에 나갔으니 대략 800년은 넘은 것 같네."

"800년씩이나……."

마지막 포탈은 리치 킹이 봉인했다. 바깥에서 밖에 열 수가 없었다. 즉, 달의 세계에서는 포탈을 절대로 열 수가 없는 것이다. 그러한 이유는 오직 리치 킹만이 알고 있을 것이다.

"네 아버지, 음, 지금부터 샨이라고 부를게. 샨은 다시 한번 세상과 소통을 하고 싶어 했어. 나쁜 인간들만 있는 것은 아닐 거라고. 자신들을 이해해 줄 인간들을 찾고 싶어 했지. 하지만 모든 삼안족은 그의 의견에 반대했어."

당연할 것이다.

삼안족은 두 번이나 인간들에게 멸족을 당할 뻔했다. 광전사 폭스겐이나 리치 킹이 아니었다면 지금쯤 살아남은 삼안족은 없을지도 몰랐다. 그것도 아니면 인간의 왕들에게 불로불사를 심어주는 최고급 노예로 전락했을지도 모르고.

"그를 감옥에도 가둬봤지만, 우리는 샨의 의지를 꺾을 수가 없었어. 끝내 그는 리치 킹을 쫓아서 인간 세상으로 내려갔지. 내가 그를 본 것은 그때가 마지막이야. 이후로는 완전히 정보가 단절되어서 그가 어떻게 됐는지 몰라. 이곳으로 돌아오지도 않았고."

"그럼 아직 아버지가 살아 있을 수도 있겠네요."

삼안의 눈이 반짝 빛났다. 어쩌면 마지막 핏줄인 아버지를 만날 수 있다는 기대감인지도 몰랐다.

"아마도……. 그러나 너무 큰 기대는 하지 않는 것이 좋을 거야."

"왜죠?"

"그의 수명이 이미 지났어. 그가 살 수 있는 방법은……."

"인간의 심장을 이식하여 수명을 늘리는 것?"

"맞아."

삼안족은 불로불사의 비술과 불로불사의 생명을 가질 수 있는 대신 저주도 함께 떠안는다. 그것은 인간의 심장을 이식하면 할수록 다중인격이 된다는 것이다. 즉, 심장 주인의 의식도 함께 공유하게 되는 것이다. 그 마음의 괴로움은 육체적인 괴로움을 월등하게 뛰어넘는다.

정신력이 약하면 미쳐서 죽을 수도 있었다.

폰 쉐르네일의 말뜻은 샨이 살아 있다면 예전의 그가 아닐 수도 있다는 경고였다.

"그래도……. 살아만 있다면 꼭 만나보고 싶네요."

"핏줄이니 당연하겠지. 그런데… 너는 인격이 하나니?"

"네? 아, 아뇨. 두 개예요. 제 삼안이 떠지지 않았을 때는 보통 안드리안이 인격의 주체가 되요."

"그렇구나. 그 말이 사실이었군."

"그게 무슨 말씀이신지."

"본래 삼안족은 인격이 하나야. 인격이 두 개일 수가 없지."

이건 또 무슨 소린가. 삼안은 무슨 말인지 모르겠다는 표정으로 폰 쉐르네일을 바라보았다.

"간단히 말을 하자면. 이곳 달의 세계에서는 우리는 두 개의 인격이 필요치 않아. 하지만 인간 세상이라면 얘기가 달라지지. 우리 삼안족은 달의 일족. 만월이 떠야만 삼안의 활동이 가능하지."

"네."

삼안은 고개를 끄덕였다. 그 예로 보름달이 떠야만 그녀 역시 세상 밖으로 나올 수가 있으니까.

“그러니까 인간 세상에서는 네가 널 지키기 위해서 다른 인격을 만들어냈다는 소리야.”

“그, 그게 무슨.”

“안드리안이라는 존재는 네가 만들어낸 허상에 지나지 않다는 소리지.”

쿵—

심장이 떨어지는 소리가 들렸다. 지금껏 한 번도 그런 생각을 해본 적이 없었다.

이제껏 세상을 살아온 것은 안드리안이었지 자신이 아니었다.

솔직히 말하면 자신이 안드리안의 육체에 기생한다고 여겼다. 하여 언제나 나서지 않았고, 쥐 죽은 듯이 살았다. 그런데 그 반대라니. 도저히 믿을 수가 없었다.

“후, 삼안족이 지상에 나가면 필연적으로 겪어야 할 일인가. 뭐, 멸족을 면하기 위해서는 감수해야겠지.”

폰 쉐르네일은 길게 한숨을 내쉬고는 삼안을 뚫어지게 바라보았다. 그녀의 눈빛을 받은 삼안은 견디지 못하고 고개를 살짝 떨어뜨렸다.

“너는 곧 큰 시련을 맞이하게 될 거야.”

“그게 뭐죠?”

"또 다른 인격체, 안드리안이라고 했나?"

"맞아요."

"너와 안드리안은 영원히 함께할 수 없어. 언젠가 선택을 해야 될 거야."

"뭘요?"

등골이 오싹할 정도로 불길한 기운이 감도는 말이었다. 삼안은 자신도 모르게 목소리가 떨려왔다.

"너와 안드리안. 둘 중에 한 명만이 육체를 가지게 되겠지. 잔혹한 선택이지만. 그것은 어쩔 수 없는 우리 삼안족의 운명이야. 누군가 반드시 양보를 해야 돼."

삼안은 정신이 아득해져오는 것을 느꼈다.

이제껏 안드리안과 자신은 하나의 육체를 소유하고 두 개의 인격을 가진 자매와 같은 존재였다. 둘을 떨어져서 생각해 놓은 적은 한 번도 없었다.

그런데…….

둘 중에 한 명이 사라져야 하다니.

삼안은 자신의 육체가 깊은 나락 속으로 빠지는 것 같은 착각을 일으켰다.

Chapter 7. 말이 안 되면 주먹으로

곤과 씽, 카시어스와 데몬고르곤은 한자리에 모여서 머리를 맞대고 있었다. 도대체 어떻게 하면 워리어를 설득시킬 수가 있을까.

그들의 특기는 전투다. 솔직히 말해서 아무리 삼안족이라고 하더라도 곤과 동료들이라면 어렵지 않게 때려잡을 수가 있었다.

숫자가 만 명이나 된다면 모르지만, 지금 남은 워리어의 숫자는 겨우 사백 명에 지나지 않았다.

그 정도의 숫자라면 곤과 동료들에게 아무런 위협이 되지 않는다.

일반적인 인간들보다 강할 뿐이지, 절대 강자에 해당하는 곤에게는 아무런 위협이 되지 않았다.

물론 이들 중에서 볼튼과 같은 괴물이 있다면 모르지만.

"이야, 전쟁이 일어나기 직전의 두 부족을 아무런 사심 없이 화해시켜야 하다니. 이거 진짜 어렵다."

도저히 모르겠다는 듯이 카시어스는 머리를 마구 헝클었다.

씽과 데몬고르곤도 마찬가지인 모양이었다. 아예 그들의 머리에서는 흰 연기가 풀풀 흘러나오는 것 같았다.

곤도 난감하기는 마찬가지였다. 그는 권모술수에 강하다. 적이 강하면 강할수록 투지는 더욱 타올랐다. 그런 그라도 화해의 기술 따위는 가지고 있지 않았고, 생각을 해본 적도 없었다.

"난감하군."

반드시 해야 하는 일인데도 절박함이 들어 있지 않다고 해야 할까. 이제껏 해왔던 어떤 임무보다도 어렵게 느껴졌다.

*　　*　　*

곤에게 사로잡힌 코르타와 다섯 명의 워리어는 감옥에서

탈출했다.

감옥이라고 하지만 집안에 가둬두었을 뿐, 보초가 있거나 한 것은 아니었다.

사실 전쟁도 나지 않을 가능성이 높았다. 워리어와 발키리는 한 종족이기에 부부도 다수 존재했다. 서로 간의 의견이 맞지 않아서 대립을 하고 있지만 진심으로 서로를 죽일 가능성은 매우 희박했다.

하지만 정말로 발키리들이 인간들과 정을 통하게 된다면 얘기는 사뭇 달라질 것이다.

워리어들의 입장에서는 도저히 받아들일 수 없는 문제니까.

워리어들이 눈이 뒤집혀 발키리들에게 공격을 가할 수도 있었다. 이성을 잃어버리게 되면 양쪽 모두 파국이었다.

어쨌든 지금까지는 험악한 분위기이기는 하지만 서로 간의 목숨을 뺏을 정도는 아니었다.

그렇기에 사로잡은 코르타와 워리어들도 방치하는 것이다. 목책으로 막아놓은 방문을 뚫고 코르타와 워리어들은 몰래 밖으로 나왔다.

거대한 도시는 적막에 휩싸여 있을 정도로 한적했다. 음산하고 을씨년스러울 정도였다.

얼마 전까지만 하더라도 코르타도 이곳에서 정착하여 살

았다.

문득 헤로인이 보고 싶어졌다. 헤로인은 사귄 지 얼마 되지 않는 여자 친구였다.

그러나 지금은 헤어진 상태였다. 그녀 역시 자손을 갖고 싶어 했다. 자손을 갖기 위해서는 인간들과 정을 통해도 된다고 생각하고 있었다.

코르타는 말도 되지 않는다면서 불과 같이 화를 냈다. 헤로인은 왜 화를 내냐면서 맞받아쳤다. 그녀의 마지막 말이 귓가에 선하다.

'벌써 백 년도 넘게 아이들이 태어나지 않고 있어. 넌 이대로 종족이 끝장나는 것을 보고 싶어? 우리에게는 시간이 얼마 없다고. 인간과 결혼을 한다면 우리 종족은 다시 번영을 이룩할 수 있단 말이야. 너도, 나도, 우리 둘 모두 자식을 가질 수 있다고.'

자손! 자손! 자손!

이제 자손이라는 소리만 들어도 노이로제에 걸릴 것만 같았다. 그도 자손을 낳아야 한다는 말에는 동의한다. 그러나……. 사랑했던 여인이 인간의 품에 안긴다는 상상을 하면 미칠 것만 같았다.

코르타는 아내를, 딸을, 애인을 인간들에게 넘길 바에는 차라리 자신의 손으로 끝장을 내고 말 것이라고 생각하고 있었다.

하지만 그런 날이 오지 않을 것이라 여겼다. 어느 정도 갈등이 봉합되면 발키리들과 합칠 날이 올 것이라 생각했다.

그러나—

구전으로 전해져 오던 인간들이 정말로 포탈을 타고 달의 세계로 넘어왔다. 이것은 쉽게 간과할 수 없는 문제였다. 어쩌면 워리어의 족장 카펜트의 말처럼 종족 상잔의 일이 벌어질 수도 있었다.

"가시죠."

워리어 중에 한 명이 코르타에게 조심스럽게 말했다.

코르타는 고개를 끄덕였다.

그들은 재빨리 성문을 넘었다. 성문은 달의 몬스터인 스콜피온들을 막기 위해서 만들어놓은 것이다. 비록 적대 관계지만 워리어들은 어렵지 않게 통과를 할 수가 있었다.

성벽 위.

폰 쉐르네일과 발키리들은 멀어져 가는 워리어들을 지켜보고 있었다. 그녀들의 눈빛에서는 알 수 없는 불안감이 떠올랐다.

*　　*　　*

달의 세계의 시간개념은 인간 세상과는 많이 달랐다. 낮과 밤이 분명히 있지만 대체로 밤에만 활동한다. 낮에는 태양빛이 너무 강해서 제대로 된 운신을 할 수가 없었다.

피부가 태양빛에 노출이 되면 금방 화상을 입는다. 오랜 시간 노출되면 목숨도 위험했다.

그래서인지 삼안족들의 의복은 얼굴까지 모두 가렸다.

밤이라고 해서 어두운 것은 아니었다. 오히려 활동하기가 훨씬 편했다. 워낙 많은 별이 달의 세계를 직접적으로 비추고 있어서 행동하기에 불편함 하나 없었다.

다그닥 다그닥.

곤과 동료들은 유니콘을 타고 달의 지평선을 질주 중이었다.

그들을 이끄는 자들은 엔리와 레아였다. 그녀들이 곤과 동료들의 시중을 드는 것이다.

"얼마나 걸리죠?"

곤이 물었다.

그들이 가는 곳은 워리어들이 기거를 하고 있는 삼안족의 두 번째 도시 엘도라도였다.

과거에는 흥했던 도시지만 지금은 인구수의 급감으로 폐

쇄된 곳이기도 했다.

곤은 며칠 동안이나 방 안에 틀어박혀 계획을 짰다. 하지만 마땅한 방법이 생각나지 않았다.

그는 직접적으로 엘도라도를 확인하기 위해서 길을 나선 것이다.

두 무리를 화해시키지 못한다면 아예 워리어들을 힘으로 굴복시키기 위함이었다. 물론 반발이 심하겠지만 어쩌겠는가. 그렇게라도 하지 않으면 삼안족들은 멸족의 길을 걷는다고 하는데.

“조금만 더 가면 되요. 저희 마을과 엘도라도는 반나절 거리에 있거든요.”

레아가 싱긋 웃으며 대답했다.

요 며칠 같이 지내다 보니 두려움도 많이 가신 표정이었다.

카시어스에게는 언니라고 부르며 친근하게 대하기도 했다. 아직 무뚝뚝한 데몬고르곤이나 씽에게는 함부로 말을 먼저 걸지는 못하지만.

곤은 고개를 끄덕였다.

말보다 훨씬 빠른 유니콘의 속도로 반나절이라면 상당한 거리였다. 유니콘이 아니었다면 상당히 오랜 시간이 걸렸을 것이다.

곤은 유니콘의 고삐를 쥐었다. 엄청난 속도로 달리니 차가운 바람이 얼굴이 때렸다.

"저기예요."

어느새 그들이 타고 있는 유니콘은 워리어들이 기거하고 있는 엘도라도에 도착했다. 그들은 높은 언덕에 서서 엘도라도를 바라보았다.

삼안족 제2도시 답게 엘도라도는 웅장하고 아름다웠다.

삼안족의 본거지인 판타니즘과 비교해도 뒤떨어지지가 않았다. 족히 수만 명 이상이 거주할 수 있는 아름다운 도시였다. 그러나 저 아름다운 도시에 수백 년이 넘도록 그대로 방치되어 있었다는 사실이 아쉬울 따름이었다.

겨우 400명 정도만 도시를 지키고 있을 뿐이라니.

"후아, 도시를 점령하는 것은 정말 식은 죽 먹기겠네."

엘도라도를 보며 카시어스가 말했다.

동감이었다.

만약 1만 명 이상의 병력이 수성전을 치른다면 난공불락의 성이 되겠지만, 400명의 병력으로는 한쪽 성벽을 지키기도 어려웠다.

소수의 병력으로도 충분히 성을 무너트릴 수가 있었다.

그러나 그들이 해야 할 것은 성을 무너뜨리는 것이 아니라 화해를 시키는 것이다.

목적이 있는 이상 다짜고짜 공격부터 할 수는 없었다.

"어쩐다……."

곤은 고민에 빠졌다.

아무래도 일단은 워리어의 족장인 카펜트를 만나봐야 할 듯했다.

"엔리."

"넵, 곤 님."

"저들에게 전갈을 넣어주겠어. 직접 얘기를 하고 싶다고."

"워, 워리어들에게요?"

엔리는 살짝 놀라는 표정을 지었다. 서로간의 사이가 워낙 나빠서 지금은 거의 왕래가 없는 상태였다. 정찰조끼리 만나서 화를 참지 못하고 종종 칼부림을 하기도 했다. 그만큼 서로의 감정의 골이 깊었다.

"카펜트가 어떤 사람인지 확인을 해보고 싶어."

"힝, 다음에 하면 안 돼요? 그 사람 무서운데."

"무서워?"

"네, 뭐 사람을 막 때리거나 하지는 않는데. 뭐랄까, 분위기라고 할까. 그런 것 있잖아요. 말도 시키기 어려운 분위기."

"그래도 수고 좀 해줬으면 좋겠어. 상대를 알고 나를 알면 백전백승이란 말이 있거든."

"오오오! 그 말 엄청 멋있는데. 상대를 알고 나를 알면 백

전백승이라니. 어디서 주워들은 말이야?"

카시어스가 둘의 대화에 끼어들었다.

곤은 미간을 좁히며 그녀의 말을 살포시 씹어주었다.

"가능하겠어?"

"음, 알았어요. 일단 전갈을 넣어볼게요."

엔리와 레아는 한숨을 푹 쉬며 엘도라도를 향해서 유니콘을 몰았다.

"형님."

씽이 곤을 툭 하고 쳤다. 곤은 씽에게 고개를 돌렸다. 씽은 어느 한 방향을 가리켰다.

그곳에는 두 마리의 유니콘이 엘도라도를 향해서 맹렬하게 도망을 치고 있었다. 유니콘의 뒤에는 거대한 스콜피온 네 마리가 바짝 따라붙었다.

"저게 스콜피온인가."

엔리와 레아는 곤과 동료들에게 일정한 길을 벗어나면 안 된다고 신신당부를 하였다.

달의 세계 대부분을 지배하고 있는 것은 삼안족이 아닌 스콜피온이라는 거대한 몬스터이기 때문이었다.

스콜피온으로 인해서 초기에 정착을 했던 삼안족들은 상당한 피해를 당했다는 말도 빼놓지 않았다.

놈들은 거대한 모습만 지닌 것이 아니었다. 집게가 달린 앞발은 삼안족의 육체를 단숨에 반으로 자를 정도로 강했다.

또한 딱딱한 껍질은 어지간한 마법이 아니면 뚫을 수도 없었다.

더욱 무서운 것은 놈들이 내뿜는 독이었다. 놈들의 독침에 찔리면 어떤 생명체도 3초 이상 견디지 못한다. 과거 달의 세계에도 상당히 많은 생명체가 살았지만 삼안족을 제외한 모든 생명체가 멸망한 이유는 스콜피온 때문이라고 하더라도 과언이 아니었다.

먹이가 없어진 스콜피온들은 자기들끼리도 잡아먹는다고 한다. 물론 스콜피온들이 가장 좋아하는 음식은 삼안족이었다.

"이랏! 이랏!"

두 명이 워리어들은 사력을 다해서 도주를 하고 있었다. 그들의 낭패한 얼굴이 확실하게 보인다. 놀랍게도 스콜피온은 유니콘보다 더욱 빨랐다. 잡히는 것은 시간문제였다.

곤은 엘도라도를 바라봤다.

아직 엔리와 레아가 보이지 않았다. 그녀들이 돌아올 때까지는 시간이 걸릴 듯했다. 그의 입에서 비릿한 미소가 흘러나왔다.

"좋은 생각이 났다."

"뭐?"

씽이 물었다.

"협상 따위는 필요 없게 됐어. 너희는 최대한 어렵게 저놈들을 해치워."

"스콜피온을?"

"그래. 가자, 이랏!"

곤은 유니콘의 고삐를 당겼다. 그의 유니콘은 절벽에 가까운 계곡을 따라서 빠르게 내려갔다.

"야, 같이 가!"

씽과 카시어스, 데몬고르곤이 태운 유니콘도 절벽 밑으로 날듯이 뛰어내렸다.

셔론과 우리스는 태어난 지 200년도 되지 않는 어린 워리어였다.

삼안족이 한창 번영을 하던 때였더라면 그들이 정찰조에 투입되는 일은 없었을 것이다.

마법을 배우거나 무투술을 배우고 있을 나이였을 테니까.

하지만 인원수가 워낙 적다 보니 어리다고 해서 마을을 지키는 일에 열외가 될 수는 없었다.

셔론과 우리스가 맡은 임무는 발키리들의 동태가 아니었다.

바로 인간 세상에서 온 곤과 동료들이 어떤 행동을 하는지 알아보는 것이다.

판타니즘 역시 600명 정도밖에 남아 있지 않기에 잠입하는 것은 그리 어려운 일이 아니었다.

그러나 그들은 곤과 동료들에 대해서 자세한 정보를 얻지 못했다. 한곳에 틀어박혀 계획을 짜는 데만 열중하느라 곤 일행의 코빼기도 보지 못했으니 당연한 것이었다.

간혹 씽이란 자가 수련을 하는 모습만 목격했을 뿐이었다.

그러다 발키리에게 발각되어 그들은 다급하게 판타니즘을 탈출했다.

발키리들이 쫓아왔기에 그녀들을 떼어놓기 위해 스콜피온의 서식지를 통과했다.

스콜피온의 서식지를 통과한다고 해서 반드시 그것들을 만나는 것은 아니었다.

열 번 중에 한두 번 정도 스콜피온을 만날 뿐이었다.

아마도 서론과 우리스는 스콜피온을 만나지 않기를 기도했을 것이다.

하나 그들은 운이 나빴다. 밤이 되면 활동을 시작하는 스콜피온 눈에 그들이 발견되고 말았다.

지금은 무려 네 마리의 스콜피온들이 그를 쫓는 모양새였다.

엘도라도까지만 가면 살 수 있지만 유니콘의 속도로는 스콜피온을 떨쳐 내지 못할 듯했다.

"형……."

우리스는 금방이라도 울음을 터트릴 것 같은 얼굴로 셔론을 불렀다.

스콜피온의 악명은 모든 삼안족에게 자자하다. 스콜피온은 삼안족을 단숨에 물어 죽이지 않는다. 독침으로 찔러서 죽였을 때만 단숨에 먹는다. 사로잡았을 때는 팔과 다리, 몸통까지 천천히 녹여서 잡아먹는다. 나름 아껴서 먹는 것이다.

우리스는 그렇게 죽고 싶지 않았다.

"조금만 더 힘을 내. 절대로 포기하지 마!"

셔론이 우리스를 돌아보며 외쳤다. 그의 시야에 엄청난 속도로 다가오고 있는 스콜피온이 보였다. 겨우 100미터 정도밖에 떨어지지 않았다. 마른침이 절로 넘어갔다. 그는 이를 악물며 동생에게 힘을 불어넣었다.

"그렇지만……."

우리스는 뒤를 슬쩍 돌아보았다.

"뒤 돌아보지 말고 달려!"

셔론이 외쳤다.

깜짝 놀란 우리스가 다시 앞을 바라봤다.

두두두두두두—

그들은 사력을 다해서 달렸다.

금방이라도 스콜피온의 날카로운 독침이 자신들의 등을 찌를 것만 같았다.

공포와 두려움이 그들의 머릿속을 가득 메웠다. 그렇지만 포기는 할 수 없었다. 이렇게 죽을 수도 없었다.

끼리리리릭!

스콜피온들의 징그러운 소리가 점점 다가온다. 등줄기에서 식은땀이 쉴 새 없이 흘러내렸다. 잡히는 것은 시간문제였다.

"우리스!"

셔론이 동생을 불렀다.

"응!"

우리스는 두려움이 가득한 눈빛으로 대답했다. 그 역시 등 뒤에서 다가오고 있는 강대한 공포를 느끼고 있을 것이다.

"먼저 가!"

"뭐?"

"먼저 가라고!"

"무슨 헛소리야!"

"빨리! 형 말 안 들을래?"

"싫어, 절대로 싫어!"

우리스는 고개를 흔들었다. 형이 무슨 소리를 하는지 우리스는 알고 있었다. 아무리 위험에 노출이 됐다고는 하지만 형의 목숨으로 자신이 살고 싶은 생각은 없었다.

"그럼 둘 다 죽을래?"

"……."

"제발 부탁이야. 먼저 가라."

"그럼 형이 먼저 가."

우리스가 외쳤다.

"멍청아! 네가 스콜피온을 상대로 얼마나 버틸 수 있을 것 같아! 엉! 나니까, 나니까 스콜피온을 잠시나마 막을 수 있는 거야!"

셔론은 젊은 워리어들 중에서도 최상위 전사에 속했다. 술법과 무기술, 모두 능숙하게 사용하는 전사는 그다지 많지 않았다.

그의 말대로 스콜피온의 무시무시한 진격을 막기 위해서는 반드시 술법이 필요했다.

아직 술법의 활용이 완전치 못한 우리스는 순식간에 잡혀 먹고 말 것이다.

"하, 하지만."

"하지만이고 나발이고 어서 가! 이러다가 둘 다 죽는다."

우리스는 이를 악물었다. 차라리 자신이 서둘러 가서 동료들을 불러오는 것이 나을 듯했다. 그때까지 셔론이 버텨주기를 바랄 뿐이었다.

"미안해."

"미안해하지 말고 어서 가!"

우리스는 유니콘의 옆구리를 발로 찼다. 유니콘의 속도가 빨라진다.

그러나―

유니콘의 힘이 다했는지 다리가 꼬이며 급격하게 앞으로 쏠리고 말았다.

히이이잉―

유니콘의 괴로운 소리가 달의 세계의 울려 퍼졌다. 유니콘은 앞으로 쓰러지고 우리스는 사력을 다해서 몸을 굴렀다.

그는 크게 다치지 않았지만 유니콘은 다리가 부러지고 말았다.

문제는……. 뒤따라오고 있던 셔론의 유니콘이었다. 셔론의 유니콘은 쓰러진 우리스의 유니콘을 피하지 못하고 걸려서 넘어지고 말았다.

"크흑."

셔론의 입에서 탄식의 신음이 흘러나왔다.

히이이이잉―

엉켜서 넘어진 유니콘을 거대한 스콜피온이 덮쳤다. 몬스터들은 유니콘의 몸에 독침을 쏘았다. 유니콘들은 제대로 된 단말마의 비명도 지르지 못한 채 즉사했다. 스콜피온은 죽은 유니콘의 사지를 찢어서 내장까지 모조리 먹어치웠다.

"아, 안 돼."

샤론과 우리스가 덜덜 떨면서 뒷걸음질을 쳤다. 유니콘을 모두 먹어치운 스콜피온들이 맹수의 눈을 번뜩이며 그들에게 천천히 다가갔다.

서두르지 않는 것으로 보아 이미 다 잡은 먹잇감으로 인식하는 듯했다.

달의 몬스터 스콜피온. 작은 놈의 길이만 하더라도 10미터에 달하고 큰 놈은 자그마치 30미터까지 자라기도 했다.

엘도라도나 판타니즘의 성벽을 50미터 이상의 높이로 쌓는 이유이기도 했다.

그렇게 거대한 놈들이 입맛을 쩝쩝 다시며 샤론과 우리스를 바라보고 있었다.

주르르륵—

공포를 이기지 못한 우리스가 바지에 오줌을 지렸다. 그렇지만 우리스는 자신이 오줌을 쌌는지도 인지하지 못했다. 그만큼 두려움에 가득 찬 것이다.

샤론은 등을 돌리며 우리스를 감쌌다. 이렇게라도 하면 혹시나 동생이 살아남을 수 있지 않을까, 실낱같은 희망을 품고서.

그러나 삼안족의 신은 그들의 뜻을 이뤄주지 않을 듯했다.

다가온 스콜피온의 꼬리에서 독침이 삐죽이 튀어나왔다.

독침에서 독액이 뚝뚝 흘러내렸다.

서론과 우리스는 죽음을 직감했다.

그때였다.

퍼퍼퍼퍼펑!

스콜피온의 두꺼운 등껍질이 폭발을 일으키며 찢겨져 나갔다. 놀란 스콜피온들이 자신들을 공격해온 자들을 바라봤다. 네 명의 인간이었다.

그중에서 여인으로 보이는 연약한 인간의 손에서는 불길이 마구 쏟아져 나왔다.

퍼퍼퍼펑!

놀라운 공격력이었다.

어지간해서는 뚫리지 않는 스콜피온의 껍질이 장난감처럼 깨졌다.

여인은 카시어스였다.

그녀는 '아씨, 약하게 힘 조절하기가 더 힘드네' 라며 투덜거렸다. 물론 그녀의 말을 서론이나 우리스가 듣지는 못했다.

곤과 씽, 데몬고르곤은 스콜피온의 안쪽으로 파고들었다. 광분한 스콜피온이 꼬리가 그들을 마구 내리찍었다. 아무리 강한 그들이라고 하더라도 스콜피온의 독침은 위험했다.

그들은 샤론과 우리스가 보기에 아슬아슬하게 피하며 스콜피온을 몰아붙였다.

"저, 저들은 누구지?"

서론과 우리스는 멍한 눈으로 스콜피온과 맨손으로 싸우고 있는 네 명의 인간들을 보았다.

"이, 인간이다."

"인간?"

"응."

"저들이 전설 속에서 내려오는 그 인간?"

"맞아. 삼안이 없잖아."

서론은 스콜피온과 처절한 사투를 벌이고 있는 인간들을 가리켰다. 그의 말대로 곤과 동료들의 이마에는 삼안이 보이지 않았다.

그러고 보니 머리가 은발이 사내는 눈에 익었다. 종종 연무장에 나와서 훈련을 하던 자가 아니던가. 사실 그들은 훈련을 하는 씽을 보며 콧방귀를 끼었다.

인간들은 약하지만 야비하다. 약하기 때문에 삼안족의 뒤통수를 친 것이다. 그렇게 배웠다. 하여, 씽이 훈련을 하는 것을 보고 아무런 의미가 없다고 판단했다. 인간이 그래봤자 인간이지라는 마음?

그런데…….

그랬던 그들의 생각이 완전히 깨졌다. 설마 저들이 단독으로 스콜피온과 대적을 할 수 있을 것이라고는 상상도 하지 못했다.

워리어 중에서도 스콜피온과 맞상대를 할 수 있는 사람은 겨우 세 명 정도였다. 나머지는 열 명 이상 뭉쳐야 간신히 스콜피온 한 마리를 잡을 수가 있었다. 자신과 같은 하급 워리어들은 스콜피온 사냥에 아예 끼지도 못한다.

워리어들도 그러한데, 인간들은 네 명 모두 막강한 힘을 발휘하며 스콜피온들과 동수를 이루는 것이 아닌가. 워낙 스콜피온들이 난폭하지만 인간들도 쉽게 쓰러지지 않았다.

"저, 정말 강하다."

우리스는 자신도 모르게 주먹을 꽉 쥐고 말았다. 그의 손바닥은 땀으로 흥건하게 젖었다.

스콜피온의 독침이 인간들을 아슬아슬하게 스치고 지나갈 때는 '휴' 소리를 내며 안심을 하기도 했다.

쿠쿵—

스콜피온 네 마리와 인간들의 싸움의 결과는—

놀랍게도 인간들의 승리였다. 비록 엄청난 사투를 벌여서 상당한 상처를 입기는 했지만 죽은 사람은 없었다.

단 한 명도.

엄청나고 놀라운 승리가 아닐 수 없었다.

"헉헉헉헉."

인간들의 지쳐 보이는 모습이 확연하게 보였다. 금방이라도 쓰러질 것처럼 보였다. 그들 중에서 가장 냉혹하게 보이는 자가 다가왔다.

셔론과 우리스는 덜덜 떨며 움직이지 않았다.

“나는 곤이라고 하오. 괜찮소?”

“괘, 괜찮습니다.”

셔론이 대답했다.

“쿨럭쿨럭.”

곤은 갑자기 상당한 양의 피를 바닥에 뱉어냈다. 얼굴이 창백한 것이 크게 다친 모양이었다.

“그쪽이야말로 괜찮습니까?”

셔론은 걱정스럽다는 듯이 물었다. 인간의 대한 이미지가 나쁜 것은 사실이었다.

하지만 이들은 그렇게 나쁘게 보이지가 않았다. 인간들의 자신들에게 악감정이 있었다면 스콜피온에게 먹히게 두었을 것이다. 굳이 목숨을 걸어가면서 싸우지 않을 테니까.

“나는 괜찮소. 그쪽도 괜찮다니 다행이오. 그럼…….”

곤은 등을 돌려서 비틀거리며 걸어갔다. 그의 일행들도 상당히 다쳤는지 바닥에 앉아서 거친 숨을 몰아쉬고 있었다.

“이봐요!”

셔론이 곤을 불렀다.

곤은 멈춰서 셔론을 바라봤다. 무슨 볼 일이 남았냐는 표정이었다.

"고, 고맙습니다."

셔론은 곤과 동료들에게 고개를 숙여 인사했다. 곤은 싱긋 웃으며 손을 한 차례 흔들고는 유니콘을 타고 계곡 위로 올라갔다.

셔론과 우리스는 인간들의 뒷모습이 사라질 때까지 지켜보고만 있었다.

"가자, 우리가 보고 들은 것을 족장님께 알려줘야지."

셔론이 자리에서 일어났다.

엔리와 레아가 잠시 뒤에 돌아왔다. 그녀들은 피로 범벅이 된 곤과 동료들을 보며 놀랐다.

"뭐, 뭐야? 무슨 일이 있었던 거예요? 어디 다치신 건가요?"

레아가 빠르게 물었다. 이들은 자신들을 인간 세상으로 이끌 구세주였다. 이곳에서 다치거나 죽으면 안 된다. 그것은 멸족을 뜻하므로.

"아니야. 다친 데 없어."

곤은 얼굴에 묻은 피를 쓱쓱 닦아냈다. 씽과 카시어스, 데몬고르곤 역시 피를 닦아내자 상처 하나 보이지 않았다.

"도대체……."

엔리와 레아는 이해가 되지 않았다.

자신들이 엘도라도에 가 있는 동안에 도대체 무슨 일이 있었단 말인가. 아무리 봐도 싸움이 있었다고밖에 볼 수가 없었다. 처음에는 인간들이 엄청난 상처를 입을 줄 알았다.

"그나저나 일은 어떻게 됐지?"

"음, 퇴짜를 맞았어요. 워리어의 족장인 카펜터는 결코 인간들과 타협을 할 수 없다고 했습니다. 굉장히 분위기가 험악했어요."

"뭐, 상관은 없으려나. 떡밥은 이미 뿌려놨으니까."

"무슨 말이에요?"

"그런 것이 있다. 일단 돌아가자. 며칠 사이에 결판이 나게 될 테니까."

곤은 엔리와 레아를 보며 엷은 미소를 지었다.

그의 미소의 의미가 무엇인지 엔리와 레아는 전혀 이해할 수가 없었다.

*　　*　　*

같은 시각.

쿤타 제국의 성도 카르텔의 외곽.

어마어마한 숫자의 병사들이 군사훈련을 하고 있었다. 언뜻 보이는 숫자만 하더라도 10만의 병력이 넘는 것 같았다.

그들이 일사분란하게 움직이는 모습은 엄청난 장관이었다.

제국 최초의 공작의 작위를 받은 샤를론즈가 그들의 움직임을 지켜보고 있었다. 그녀의 옆으로 무장을 한 네 명의 남녀가 다가왔다.

그들은 샤를론즈에게 한쪽 무릎을 꿇었다.

"각하, 신 안돌, 북쪽의 하이랜더 일족을 섬멸하고 지금 막 도착하였습니다."

"각하, 신 호크랜더, 남쪽의 바바리안 족을 복속시키고 지금 막 도착하였습니다."

"각하, 신 프라이즈, 서쪽의 리자드맨 군단을 섬멸하고 지금 막 도착했습니다."

"각하, 신 아리아, 동쪽의 그랑주리 정글의 모든 오크들을 섬멸하고 지금 막 도착했습니다."

가면 속의 있는 그녀의 눈빛이 잔인하게 빛났다.

이들은 대륙 최강이라 불리는 자들이었다.

의문의 12영웅 중 한 명인 성기사 아돌.

다섯 하이랜더 중 한 명인 호크랜더.

9마룡 중 한 명인 프라이즈.

다크 나이트 중 한 명인 아리아.

실체가 알려지지 않았지만 그들의 무용담이 너무도 엄청나서 전설로까지 불리는 이들인 것이다.

사람들에게 불리는 1차 대륙 전쟁은 제국의 입장에서는 아무런 소득이 없다고 해도 과언이 아니었다.

사실 서쪽은 쿤타 제국이 일통하고 동쪽은 라덴 왕국에게 맡길 생각이었다. 물론 일시적인 것이지만.

그러나 라덴 왕국의 갑작스러운 후퇴로 모든 계획이 어긋났다.

라덴 왕국이 본거지로 돌아가자 살아남은 왕국들이 힘을 합쳐 제국을 밀어내기 시작한 것이다. 어쩔 수 없이 제국은 점령한 모든 땅을 뒤로 한 채 본국으로 후퇴를 할 수밖에 없었다.

그렇다고 큰 손해가 있었던 것은 아니었다. 일단은 휴전.

그 와중에 샤를론즈는 네 명의 강대한 전사들을 얻게 됐다.

이들의 힘을 얻은 것은 이번 전쟁에서 가장 큰 수확이라고 할 수 있었다.

휴전을 선포한 샤를론즈는 이들의 힘을 이용하여 제국의 위협이 될 법한 이종족들을 말살했다. 각 부족의 힘은 약할지 모르지만 그들이 힘을 합치면 상당히 위협적이었다. 하여, 미리 싹을 자른 것이다.

"수고했어요. 가서 쉬도록 하세요."

샤를론즈는 네 명의 초강자들에게 부드럽게 말했다. 그들은 고개를 끄덕이고는 성벽을 내려갔다.

"한번 붙어보고 싶군."

팔짱을 낀 채 그들을 바라보던 볼튼이 낮은 음성으로 말했다.

"대륙 내에 오로지 제국 하나만 남게 되면 그렇게 하도록 하세요. 하지만 지금은 아니에요. 당신들끼리의 싸움은 너무 위험해요."

"그 정도는 나도 알고 있어."

볼튼은 고개를 끄덕였다.

샤를론즈는 볼튼을 바라봤다.

그녀의 인생에서 만나 본 가장 강한 존재는 볼튼이었다. 그렇기 때문에 제어를 하기도 극히 어려웠다.

그런 그가 샤를론즈의 옆에 남아 있는 것은 오로지 곤에 대한 복수심 때문이었다.

제국의 입장에서 그랑주리 정글 속에 사는 몬스터와 이종족을 소탕하는 것은 상당한 손실이었다. 괜한 병력을 잃을 수도 있었다. 그럼에도 그곳에 병력을 파견한 것은 볼튼이 원했기 때문이었다. 그는 자신의 과거를 치욕스럽게 생각했다.

샤를론즈는 볼튼의 비위를 맞춰줄 필요가 있었다.

하여 그녀는 다크 나이트 아리아에게 명령을 하여 그랑주리 정글의 모든 생명체를 말살했을 것이다.

당연히 볼튼의 고향이라고 할 수 있는 황색 오크 마을도.

볼튼은 샤를론즈가 이끄는 제국군 총사령관이다. 제국 역사상 이종족이 총사령관을 맡은 적은 없었다. 많은 대신들이 극렬히 반대를 했다.

그럼에도 샤를론즈는 이런 인재가 없다면서 자신의 의지를 밀어붙였다.

볼튼은 오크들의 왕.

오크들로 이뤄진 군단이 있을 정도였다. 병력은 자그마치 4만이 넘는다.

그들은 볼튼의 말 한마디라면 지옥의 불구덩이라도 맨 몸으로 뛰어들 것이다.

또한 그의 용병술은 대단하여 인간들의 군대도 어렵지 않게 지휘했다.

"병력은 얼마나 모였지?"

볼튼은 샤를론즈에게 물었다.

"40만."

"40만이라… 부족해."

"알고 있어요."

라덴 왕국과의 동맹은 깨졌다. 아무리 제국이 강하다고 하더라도 대륙 전체를 상대로는 전쟁을 벌일 수가 없었다.

하여 샤를론즈는 신성 왕국을 끌어들이기 위해서 무던한 애를 쓰고 있었다.

최소한 동쪽 대륙의 왕국들을 견제한 왕국 하나 정도는 끌어들여야 한다.

또한 1차 대륙 전쟁을 벌이면서 제국은 자신들의 약점을 뼈저리게 느꼈다. 무작정 병력으로 다른 왕국들과 전쟁을 벌일 수는 없었다. 수많은 변수를 고려해야 하는 것이다.

그때였다.

거대한 힘이 성도 카르텔의 성벽을 향해서 다가오고 있었다.

샤를론즈와 볼튼의 피부가 저릿저릿 할 정도였다. 성벽을 내려갔던 4명의 초강자 역시 긴장하다.

"뭐지. 이건?"

누구도 알 수가 없었다.

10만 대군을 넘어선 압도적인 힘.

"저기다."

볼튼은 하늘의 한곳을 가리켰다. 놀랍게도 그곳에서는 거대한 골룡이 날개를 펄럭이며 그들에게 다가오고 있었다.

"전투 준비!"

"전투 준비!"

놀란 지휘관들이 병사들에게 다급하게 명령했다. 와이번에 습격에 대비한 대공무기 퀘렐이 모습을 드러내며 날아오는 골룡을 조준했다.

"발사!"

바바바바바바—

수백 발이 넘는 거대한 화살이 골룡을 향해서 날아갔다.

하지만 거대한 화살은 골룡의 방어막을 뚫을 수가 없었다.

아예 골룡 자체에 닿지도 않는다. 하늘에서 부러져 나간 화살들이 지상으로 떨어졌다.

"도대체 저건 뭐야!"

샤를론즈는 눈살을 찌푸리며 마법을 준비했다. 그녀를 호위하는 다크 메이지와 7인의 레인보우 기사들 역시 만반의 준비를 했다.

어마어마한 압박감이다.

하늘에서 거대한 돌덩이가 그들의 머리 위를 짓누르는 듯했다.

이런 괴물은 여태껏 본 적이 없었다.

10만 대군이 눈앞에 있는데도 전혀 두려움을 느끼지 않는 것 같았다.

펄럭펄럭—

골룡은 날개를 펄럭이며 성벽 위에 내려앉았다. 얼마나 거대한지 골룡의 발톱이 성벽 위에 닿자 일부분이 무너져 내렸다.

"뒤로 물러나 있어."

볼튼이 앞으로 나섰다. 그의 투기가 가공할 정도로 높아졌다. 신이 온다고 하더라도 겁을 먹지 않을 자신이 있던 그였다.

그렇지만 신체는 정직하다. 그의 등줄기에서 식은땀이 쉴 새 없이 흘러내렸다.

골룡의 눈빛은 어느 맹수보다 사납고 날카로웠다. 그런 골룡이 머리를 내렸다. 그러자 얼굴에 황금 가면을 쓰고 황금 갑옷을 입은 사내가 골룡의 머리를 밟고 성벽 위에 발을 디뎠다.

“누구냐! 넌!”

볼튼이 외쳤다.

황금가면의 사내는 아무런 말을 하지 않았다. 그저 볼튼과 샤를론즈를 향해서 천천히 다가올 뿐이었다.

“한 발만 더 오면 죽이겠다.”

볼튼의 전투도끼에서 강대한 빛이 뿜어져 나왔다. 그의 투기는 기하급수적으로 높아졌다. 성벽이 흔들거릴 정도로 막강한 투기였다.

그제야 황금가면의 사내가 멈췄다. 그는 천천히 가면을 벗었다.

그의 얼굴을 본 순간.

“너, 너는?”

샤를론즈와 볼튼은 너무 놀라 벌어진 입을 다물지 못했다.

Chapter 8. 화해의 기술

삼안은 깊은 고민에 빠져 있었다. 누구에게도 털어놓을 수 없는 고민이었다.

그녀는 식사도 제대로 하지 않았다. 곤이 무슨 고민이 있냐고 물었지만 싱긋 웃을 뿐 대답하지는 않았다.

"안드리안과 나… 둘 중에 한 명은 사라진다고?"

그녀의 고민은 이것이었다.

삼안이 깨 있을 수 있는 것은 이곳이 달의 세계이기 때문이었다.

하지만 다시 대륙으로 넘어가게 되면 그녀는 잠이 들 것이다.

하지만 삼안족은 그것에 대해서 대비책을 세워두었다고 한다.

그들의 도움을 받는다면 삼안도 계속해서 깨 있을 수가 있었다.

그렇다면 안드리안과 자신 중에 누군가는 인격이 소멸돼야 한다.

이제껏 그녀는 자신이 안드리안의 인격에 기생하여 살아왔다고 생각했지만, 알고 보니 그 반대였다. 안드리안은 그녀가 살아남기 위해서 만들어낸 가짜 인격인 셈이었다. 안드리안은 자신이 가장 원했던 이상적인 성격을 가진 인격이었다.

예전이었다면 그녀는 두 번 생각하지 않고 자신의 육체를 찾으려고 했을 것이다.

하지만 지금의 그녀는 곤에게 아무런 도움이 되지 않는다.

일단 자신과 안드리안의 무력은 천지 차이였다. 과거와는 완전히 다르다.

육체를 이토록 단련시킬 수 있었던 것은 모두 안드리안의 노력이었다.

그런 그녀가 허무하게 소멸되려고 할 것인가.

아마도 죽기 살기로 발버둥을 치겠지.

그렇다고 제발 죽어줘, 라고 소리칠 수는 없었다. 그녀는 안드리안을 사랑한다.

"도대체 어떡해야 하지."

삼안은 자신의 머리를 감쌌다. 도저히 결론이 나지 않았다.

대륙으로 돌아갈 시간은 다가온다. 폰 쉐르네일은 마음의 준비를 하라고 얘기했다.

똑똑—

누군가 그녀의 방문을 노크했다.

"누구세요?"

"접니다, 곤."

"아, 들어와."

덜컥—

곤이 방문을 열고 들어왔다.

"무슨 일이야?"

삼안이 물었다.

"이제부터 워리어들과 발키리들을 화해시키려고 합니다."

"응? 계획이 세워졌어?"

"네, 삼안도 같이 가죠. 계획대로만 된다면 두 부족은 다시 예전처럼 합쳐질 겁니다."

"그래. 가야지."

삼안은 힘겹게 몸을 일으켰다. 하지만 근래 들어 먹은 것이 거의 없어 그녀의 다리가 휘청거렸다.

곤이 급히 다가와 삼안을 부축했다.

“얼굴색이 안 좋아 보입니다.”

“그렇게 보여?”

“네, 어디 안 좋은 곳이 있습니까?”

“아니야. 그런 것.”

“이곳에 와서 무척이나 이상해졌어요. 무슨 일이 있는 거죠?”

“아니라니까!”

삼안은 자신도 모르게 빽 소리를 지르고 말았다. 곤은 덤덤하게 삼안의 히스테리를 받아들였다. 표정의 변화도 없었다.

그제야 자신이 잘못했다는 것을 알고 삼안은 내심 후회했다.

“무슨 일이 있었는지 모르지만, 침착하시죠. 제가 알던 안드리안이 아니에요.”

“나, 나는 안드리안이 아니야. 나는 삼안이라고.”

“음, 그것도 그렇군요.”

곤은 뺨을 긁적거렸다. 사실 안드리안과 삼안의 분위기는 완전히 다르다. 그렇다고 해서 외모가 바뀌는 것은 아니었다. 그는 삼안을 어떻게 대해야 하는지 감을 잡지 못했다. 안드리안처럼 생각하고 대하면 삼안은 발끈한다.

“가자고, 가. 어떻게 두 부족을 화해시키는지 보자고.”

삼안은 신경질적으로 방문을 나갔다. 그녀의 뒷모습을 본 곤은 다시 한 번 뺨을 긁적일 수밖에 없었다.

* * *

엘도라도 중앙 회의장에는 상당수의 워리어가 모여 있었다. 그들의 분위기는 평상보다 더욱 험악했다. 고성이 오가면서 눈을 부라리며 서로를 향해서 삿대질을 서슴지 않았다.

"인간들은 그렇게 나쁜 사람들이 아닙니다. 정말이라고요."

"그래요. 저도 봤습니다. 만약 그들이 저희를 도와주지 않았다면 스콜피온에게 먹혔을 겁니다."

서론과 우리스가 상급 워리어들을 향해서 인간들에 대한 변론을 펼쳤다.

나이가 지긋한 상급 워리어들은 그런 서론과 우리스의 말에 눈살을 찌푸렸다.

말도 안 되는 소리를 하지 말라면서 소리를 치는 사람도 있었다.

"닥쳐라 이놈! 그럼 우리가 이제껏 너희에게 거짓말을 했다는 소리냐! 인간들은 우리를 달의 세계의 가둬 버렸다. 우리가 왜 멸족에 위기에 처한지 모른다는 말이냐!"

상급 워리어 마오스가 셔론과 우리스를 향해서 소리쳤다.

기세로 보아 당장에라도 뛰쳐나가 그들에게 주먹을 휘두를 듯싶었다.

"그 말이 아닙니다. 분명 인간들은 나쁩니다. 제 생각도 변하지 않고요. 하지만 전설대로라면, 아니, 달의 세계의 온 인간들은 그리 나쁘지 않다는 말입니다. 그들은 큰 상처를 입으면서까지 저희의 목숨을 구해줬습니다. 간악한 인간이라면 저희들을 구해줬을까요? 아닙니다. 간악한 자라면 저희들이 스콜피온에게 잡혀 먹히는 것을 보면서 키득거리며 구경만 했을 겁니다. 제 말이 틀립니까?"

"어하, 통탄할지어다. 너희가 인간들의 간계에 속았구나. 인간들은 분명 어떤 목적이 있어서 너희를 구해줬을 것이다."

"자신들의 목숨을 걸면서요?"

"그것도 위장이다."

"네 마리나 되는 스콜피온 앞에서 위장을 한다고요?"

"……."

마오스는 대답을 하지 못했다. 워리어들 중에서 스콜피온과 맞상대를 할 수 있는 자들은 겨우 세 명 정도. 네 마리라면 수십 명이 넘는 워리어들이 동원돼야 했다.

하지만 인간들은 네 명이서 스콜피온 네 마리를 잡았다고 하였다.

아무리 인간들이 강하다고 하더라도 자신들보다 강할 것이라고는 생각이 들지 않았다.

그 말은—

인간들이 목숨을 걸고 셔론과 우리스를 도왔다는 말과도 같았다.

도저히 믿을 수가 없었다.

그 간악한 인간들이, 오로지 삼안족이 가진 불로불사의 비술에만 관심이 있는 그들이, 자신들을 구하기 위해서 목숨을 도외시 했다고?

"믿을 수가 없어. 믿을 수……."

마오스는 두 주먹을 꽉 쥐었다.

삼안족을 달의 세계의 가둬버린 인간들을 도저히 용서할 수가 없었다.

"저기요."

격렬한 토론을 듣고 있던 코르타가 슬며시 손을 들었다.

"말을 하거라, 코르타."

워리어의 족장 카펜트가 코르타의 발언권을 허락했다.

"음, 뭐랄까. 사실 저와 동료들은 인간들에게 사로잡혔습니다."

"알고 있다. 놈들에게 험한 꼴을 당하지 않았더냐."

"그게 그러니까."

코르타는 뒷머리를 긁적거렸다. 따지고 보면 그들이 자신에게 손을 쓸 수밖에 없던 상황이었다. 반대의 상황이었다면 자신도 불같이 화를 내거나 짜증이 머리 꼭대기까지 솟구쳤을 것이다.

더군다나 그들은 포로인 자신을 일부러 보내준 것 같은 느낌도 적지 않게 받았다.

"그들이 그렇게 나쁜 사람들 같지 않아서요."

"뭣이라! 너까지 무슨 허튼소리를 하는 것이냐!"

마오스는 코르타에게 역성을 냈다. 코르타는 중급 워리어다. 셔론이나 우리스는 어려서 그런다고 치고 코르타는 제대로 된 사리분별을 할 줄 알았다. 그런데 이런 허튼 소리라니. 그는 화가 치밀어 올랐다.

"저, 정말인데."

코르타는 목소리가 기어들어갔다. 그가 슬쩍 고개를 들어 카펜트를 보았다. 역시나, 족장의 안색도 상당히 일그러져 있었다. 아무래도 괜한 소리를 한 것이 아닌가 후회가 됐다.

그때였다.

"족장님! 큰일 났습니다!"

경계를 서던 워리어 한 명이 다급하게 중앙 회의장으로 뛰어들어 왔다. 그의 얼굴이 사색이 되어 있었다.

"무슨 일이냐?"

카펜트가 물었다.

"스, 스콜피온이."

"스콜피온이 뭐?"

"엄청난 숫자의 스콜피온이 엘도라도를 향해서 오고 있습니다."

"흥, 스콜피온의 능력으로는 성벽을 넘지 못한다. 신경 쓸 일이 아니야."

"그게 아닙니다. 일단 한번 보셔야 할 것 같습니다."

워리어의 다급한 말에 카펜트는 긴 한숨을 내쉬며 밖으로 나갔다. 다른 워리어들도 그의 뒤를 쫓았다. 그렇게 인간들에 대한 평가는 일단락되는 듯했다.

성벽 위에 오른 워리어들은 벌어진 입을 다물지 못했다.

그들의 얼굴에서 두려움이 조금씩 꽃을 피웠다. 오랜 시간을 달의 세계에서 살아온 그들이라고 하더라도 지금과 같은 모습은 처음 봤다.

수백 마리가 넘는 스콜피온이 엘도라도를 향해서 미친 듯이 질주를 하고 있었다.

10미터 크기의 소형 스콜피온은 자신들을 보호하기 위해서 군집 생활을 한다. 하지만 대형 스콜피온은 그렇지 않았다.

이 세계 최고의 포식자로서 산란기가 아니면 일체 다른 무리들과 섞이지 않았다.

한데 수십 마리의 대형 스콜피온까지 섞여서 엘도라도를 향하고 있는 것이다. 대형 스콜피온의 크기는 30미터가 넘어간다. 어쩌면 성벽 위로 뛰어 오를 수가 있었다. 한 마리라도 성벽을 넘으면 막대한 피해가 예상된다.

"비, 비상종을 울려라. 워리어들 전원을 모으고 전투준비를 서둘러라!"

카펜트가 다급하게 외쳤다.

댕댕댕댕댕—

전투를 알리는 비상종이 쉴 새 없이 울렸다. 작업을 나가 있던 워리어들이 급하게 성벽을 올랐다. 성벽에 올라 성 밖을 바라본 그들의 얼굴도 새파랗게 질리고 말았다.

스콜피온은 삼안족들의 천적이나 마찬가지였다.

수많은 삼안족들이 저 괴물들에게 잡혀서 죽임을 당했다. 그 수는 헤아릴 수가 없었다.

"공격 준비! 공격 준비!"

삼안족들은 활을 사용하지 않았다. 대신 투척무기인 재블린을 주로 사용했다. 활보다는 위력이 좋은 재블린이 스콜피온의 두꺼운 껍질을 뚫기에 훨씬 유리했기 때문이었다.

두두두두두—

수백 마리의 스콜피온들이 성벽 근처까지 빠르게 도달했다.

"던져!"

수백 명의 워리어들이 한꺼번에 재블린을 던졌다. 워리어들은 어렸을 적부터 전투훈련을 받는다.

워낙 수가 적다보니 병과를 나누지 않았다. 창술, 술법, 마나 사용법, 검술, 투창술 승마술 등을 모조리 훈련받는 것이다.

그렇지 않으면 이 험한 세계에서는 살아남을 수가 없었다.

하여 족장부터 하급 워리어까지 모두 투창술을 사용할 수가 있었다.

수백 발의 재블린은 빠르게 다가오고 있는 스콜피온의 머리 위로 떨어졌다.

빠각! 빠각! 빠각!

소형 스콜피온의 각질은 그나마 얇은 편이다. 재블린은 소형 스콜피온의 각질을 깨뜨리며 꽂혔다.

특히 상급 워리어들이 던진 재블린의 위력은 무서울 정도였다.

상당수의 스콜피온의 몸이 관통됐다.

당연히 괴로워하며 비명을 질러야 했다.

하지만 놈들은 전혀 그런 모습이 보이지 않았다. 각질의 반이 깨졌음에도 놈들은 몸을 질질 끌며 성벽으로 향했다.

달의 세계는 먹을 것이 극도로 적다. 하여 스콜피온은 자신들끼리도 잡아먹는다.

당연히 부상을 입고 약해진 동족들을 잡아먹어야 정상이었다. 그런데 놈들은 부상당한 동족들을 본체만체한다.

오로지 삼안족을 목표로 삼은 것처럼 보였다.

치명상을 입은 스콜피온도 다수였지만, 죽은 놈들은 없었다.

"이, 이건 말도 안 돼."

미친 듯이 질주를 하고 있는 스콜피온을 보며 마오스는 믿을 수 없다는 듯이 중얼거렸다.

어찌 수백 발이 넘는 재블린을 맞고도 살아서 움직일 수가 있단 말인가.

"제2격, 제2격을 준비하라!"

카펜트가 이를 악물며 외쳤다. 그 역시 재블린을 들고 가장 선두에서 달려오는 중형 스콜피온을 노렸다. 그의 능력이라면 중형 스콜피온이라고 하더라도 일격에 죽일 수가 있었다.

"전원 발사!"

다시 한 번 재블린이 허공을 날았다. 날아간 재블린은 스콜피온의 각질 위로 비처럼 쏟아져 내렸다.

꽈직! 꽈직! 꽈직!

재블린은 각질을 깨고 속살을 파고들었다. 특히 상급 워리어들이 던진 재블린은 스콜피온의 배까지 뚫고 나왔다. 내장이 바닥으로 후드드득 떨어졌다.

끼이이익, 끼이이익.

놀랍게도 놈들은 자신의 떨어진 내장을 주워 먹었다. 그러고는 다시 달렸다.

배를 뚫은 재블린이 바닥에 질질 끌리는데도 개의치 않았다.

카펜트가 던진 재블린은 정확히 스콜피온의 정수리에 명중했다.

아무리 지능이 낮은 스콜피온이라고 하더라도 뇌가 파괴되면 움직일 수가 없었다.

그런데—

머리가 박살이 난 스콜피온이 움직이는 것이다. 머리도 없이…….

"이, 이건 말도 안 돼!"

어지간해서는 감정의 동요가 없는 카펜트가 비명을 지르고 말았다.

다른 워리어들도 마찬가지였다. 3격, 4격의 재블린을 던져서 수백 발이 넘게 스콜피온들을 맞췄지만 죽은 놈들은 한 마리도 없었다.

"술법을 준비하라!"

삼안족의 최대 장점은 마법과는 다른 술법이었다. 마나를 이용하는 것은 같으나 사용 방법에서 차이가 있었다. 샤먼들이 사용하는 술법처럼.

죽지 않는 스콜피온들이 수십 미터 앞까지 접근했다. 엄청난 속도였다.

부상을 당한 놈들, 다리가 잘린 놈들만이 조금 속도가 늦을 뿐이었다.

"불의 참수!"

"용의 불꽃!"

온갖 주문이 워리어들의 입에서 터졌다. 동시에 성벽 밖으로 온갖 종류의 화염이 휘몰아쳤다. 폭발하는 화염의 반경이 어마어마하다.

당연하다.

4백 명이나 되는 워리어들이 한꺼번에 술법을 발휘했으니 약할 리가 없었다.

콰콰콰콰콰콰쾅!

뭉쳐진 화염이 한꺼번에 폭발했다. 강대한 폭발은 성벽의 일부까지 녹일 정도로 위력이 강했다.

"됐나?"

불꽃이 서서히 줄어들었다.

워리어들은 숨을 참고 전방을 응시했다. 그들이 가진 최강의 힘이었다.

제아무리 강력한 놈들이라도 이렇게 거대한 화염 속에서는 살아남을 수 없으리라 믿었다.

"저, 저, 저, 사, 살아 있습니다. 놈들은 살아 있다고요!"

누군가 솟구치고 있는 연기 속을 가리켰다. 그의 말대로였다. 수백 마리의 스콜피온이 남아서 화염의 뚫고 뛰쳐나왔다.

끼이이이익, 끼이이이익!

완전히 불에 탄 백여 마리의 스콜피온이 아직도 죽지 않고 괴상한 소리를 내며 발버둥을 쳤다 그러나 쓰러진 스콜피온의 숫자보다 살아남은 스콜피온의 수가 훨씬 많았다.

"제기랄. 모두 백병전을 준비하라!"

카펜트가 외쳤다. 그의 명령에 따라서 워리어들은 창과 검을 들었다.

두두두두두두—

스콜피온들이 달리는 소리가 바로 귓전에서 들린다.

꿀꺽.

모두가 마른침을 삼켰다. 스콜피온 한두 마리로도 워리어들에게는 치명적으로 위험하다. 그런데 수백 마리라니.

그들은 이곳에서 살아남을 수 있을까하고 생각한다.

그래도 싸울 수밖에 없었다. 그들이 도망을 칠 곳은 달의 세계 그 어디에도 없으니까.

—끼리리리리리릭!

놀랍게도 대형 스콜피온은 한 번에 뛰어올라 성벽 위로 올라섰다.

"떨어뜨려! 어서!"

워리어들이 스콜피온을 향해 일제히 창을 찔렀다. 마나를 넣지 않은 창은 스콜피온의 각질을 뚫지 못하고 부러졌다. 몇몇 중상급 워리어들이 찌른 창이 겨우 각질을 뚫었을 뿐이었다.

하지만 겨우 그 정도로 스콜피온은 죽지 않는다. 스콜피온의 꼬리가 허공으로 떠오르더니 가깝게 접근했던 젊은 워리어를 내리찍었다.

푹!

워리어의 배가 관통당했다.

"으아아아악! 사, 살려줘!"

젊은 워리어는 눈물을 흩날리며 비명을 질렀다. 그러나 그를 도울 수 있는 사람은 아무도 없었다. 성벽으로 올라선 스콜피온은 한두 마리가 아니었기 때문이다. 수십 마리가 떼를 지어서 한꺼번에 올라섰다. 그것들을 막기 위해서 워리어들은 정신이 없었다.

부상자를 도울 여력도, 스콜피온에게 붙잡힌 사람을 구출

할 여력도 없었다.

대형 스콜피온이 꼬리를 들었다. 괴물의 꼬리에는 젊은 워리어가 대롱대롱 매달려 있었다. 스콜피온은 꼬리에 박혀 있던 워리어를 한입에 먹어치웠다.

우적우적.

워리어의 뼈가 잘게 부서지는 소리가 사방으로 퍼졌다.

"막아라! 반드시 막아라!"

카펜트가 미친 듯이 외치며 검을 휘둘렀지만, 그러기에는 스콜피온의 숫자가 너무도 많았다.

"이, 이게 무슨 지옥이란 말인가. 신께서는 우리 종족을 끝내 멸족시키려는 것인가!"

카펜트는 수많은 별들이 빛나는 우주를 바라봤다.

갑작스럽게 시작된 지옥이었다 도저히 앞이 보이지 않았다. 그들의 힘으로는 이 난관을 헤쳐 나갈 힘이 없었다.

절망이 워리어들의 뇌리를 엄습했다.

* * *

엘도라도가 보이는 계곡 위에는 곤과 동료들, 거의 모든 발키리들이 유니콘 위에 서 있었다. 발키리들의 얼굴이 하얗게 질렸다.

그녀들에게도 가장 무서운 존재는 스콜피온이었다. 달의 세계를 지배하고 있는 최상위 포식자, 거의 모든 생명체를 말살한 존재가 바로 스콜피온이었다.

그런 괴물들이 수백 마리나 떼를 지어서 엘도라도를 공격하고 있었다.

"저… 괴물들이 죽지를 않아. 우리가 알고 있는 스콜피온보다 훨씬 강해."

엔리는 자신도 모르게 몸을 벌벌 떨며 중얼거렸다.

"어떡하지. 도대체 어떻게 된 거야. 왜 이런 일이 벌어진 거야."

몇몇 발키리는 함락당하고 있는 엘도라도를 보며 탄식을 내뱉었다.

아무리 사이가 나쁘다고 하더라도 저들은 같은 종족이었다.

저들 중에는 발키리의 남편들도 다수 존재했다.

"가야 돼. 아무리 미워도 남편이야. 이렇게 죽도록 내버려 둘 수는 없어."

한 발키리가 창을 움켜쥐며 유니콘의 고삐를 죄었다. 다른 발키리들도 그녀를 좇아 움직이려고 한다.

곤과 동료들은 아직 움직임이 없었다. 그들은 무심하게 무너지고 있는 엘도라도를 바라볼 뿐이었다.

카시어스는 힐끗 곤을 바라보았다. 그녀는 곤이 너무도 무섭다는 생각이 들었다.

며칠 전부터 곤은 카시어스와 씽, 데몬고르곤에게 스콜피온을 닥치는 대로 사살하라고 부탁했다.

스콜피온은 무서운 몬스터임이 확실하다. 만약 지상에 스콜피온이 있다면 오거를 제치고 지상 최강의 육상 몬스터가 될 지도 모른다. 그만큼 스콜피온의 위력은 무서웠다.

하지만 카시어스와 씽, 데몬고르곤에게는 한낱 허접한 몬스터에 지나지 않았다.

카시어스의 마법 한 방이면 수십여 마리의 스콜피온이 떼죽음을 당했다.

그들이 며칠 동안 잡은 스콜피온이 되살아나서 눈앞에 있었다.

저 몬스터들은 모두 언데드.

곤이 재앙술로 되살려낸 언데드인 것이다. 그 사실을 알고 있는 자는 씽과 카시어스, 데몬고르곤뿐이었다. 삼안도 그 사실을 알지 못한다.

곤이 생각해낸 화해의 방법은 너무도 무섭고 잔인했다.

카시어스와 데몬고르곤이 합쳐서 덤벼도 곤에게 이기지 못한다.

더군다나 그에게는 막강한 위력을 발휘하는 식신도 있었다. 그의 끝없는 지략과 무력에 절로 두려움이 일어나는 카시어스였다.

“저러다가 워리어들 다 죽겠다. 이대로 있을 거야?”

카시어스가 조용히 물었다.

“아직이야.”

“얼마나 기다릴 건데?”

“저들의 정말로 도움을 원할 때까지.”

“그게 언제냐니까?”

“기다려 봐.”

곤은 팔짱을 낀 채 엘도라도를 바라봤다. 다급한 워리어들이 근접한 거리에서 술법을 발휘했다.

가까운 거리에서 폭발한 술법은 스콜피온과 함께 자신을 불태웠다.

워리어들의 전멸은 시간문제였다.

“곤!”

삼안이 곤을 불렀다.

곤은 삼안을 바라봤다. 삼안을 비롯하여 발키리들의 얼굴이 흑색으로 변해 있었다.

벌써 수십 명의 발키리들이 워리어들을 구하기 위해 엘도라도로 가고 있었다.

그러나 곤이 구세주라고 믿고 있는 발키리들은 발을 동동 구르면서도 아직 움직이지 않았다. 제발 무슨 말이라도 해줘, 라는 표정을 지으면서.

"저들을, 제발 저들을 살려줘. 너라면 할 수 있잖아."

삼안은 애원조로 곤에게 말했다. 그녀의 마음이 다급해졌다. 만약 곤이 워리어들을 이대로 방치한다면 그녀라도 전투에 뛰어들 생각이었다.

물론 자신은 의식을 죽이고 안드리안을 불러낼 것이다. 지금의 안드리안은 자신과는 비교도 할 수 없을 정도로 훨씬 강하니까.

"그래, 이제 때가 된 것 같네. 모두들."

곤은 발키리들을 바라봤다.

"가서 워리어들을 구해. 저들은 당신의 남편이고 친구잖아. 저대로 죽는 것을 두고 볼 수야 없지. 가자고."

곤은 유니콘의 고삐를 당겼다.

그의 유니콘은 앞발을 들더니 엘도라도를 향해서 질풍처럼 달리기 시작했다.

"가자! 어서 가지 않으면 워리어들이 전멸한다."

엔리가 외치면서 곤의 뒤를 쫓았다. 제동이 풀린 발키리들은 엘도라도를 향해서 달려갔다.

* * *

"불의 장막!"

카펜트는 사력을 다해서 술법을 펼쳤다. 전방에서 10미터 높이의 불의 장막이 생겨나며 좌우로 쫙 뻗어나갔다.

폭은 자그마치 50미터가 넘어갔다. 불길 안에 들어간 모든 생명체는 타올라야 한다.

그러나 카펜트가 자랑하는 술법을 직통으로 맞고도 불에 타버린 스콜피온은 몇 마리가 되지 않았다. 아니, 불길에 휩싸인 채 워리어들을 습격했다. 괴물들에게 당한 십여 명의 워리어들이 순식간에 불길에 휩싸여 죽었다.

"후퇴! 후퇴한다!"

어쩔 수가 없었다. 카펜트는 최후의 명령을 내렸다. 무슨 수를 쓰건 이곳에서 탈출을 해야 한다.

이미 삼안족의 제2도시 엘도라도는 스콜피온에게 넘어갔다.

얼마 후면 이곳은 놈들의 서식지로 변할 것이다. 알을 까고 스콜피온의 숫자는 기하급수적으로 늘어날 것이 뻔했다.

선조들이 세운 위대한 문명은 그렇게 무너진다.

이곳에서 탈출을 하게 되면 워리어들이 갈 곳은 없었다.

스콜피온과 세력 싸움을 하기 위해서 곳곳에 세운 방어기지가 있지만 사용하지 않은지 100년이 넘었다. 제대로 가동을 하고 있는 지도 알 수 없었다.

인구수의 감소.

삼안족 최대의 약점이었다.

"몇 명이나 남았나?"

카펜트는 마오스에게 소리쳐 물었다.

마오스는 간신히 소형 스콜피온을 쓰러뜨리고 숨을 고르는 중이었다.

놀랍게도 쓰러졌던 스콜피온이 조금씩 움직였다. 숨통이 완전히 끊어지지가 않았다. 질리도록 강력한 생명력이었다.

도대체 언제 스콜피온들이 이렇게 강해졌는지 이해가 되지 않았다. 엘도라도를 습격한 스콜피온은 변종 같았다.

"2백 명 정도 남았습니다. 서둘러 엘도라도에서 탈출을 해야 합니다."

숨을 고른 마오스가 카펜트에게 소리쳤다.

"으음."

카펜트의 입에서 긴 신음이 흘렀다. 설마 이런 식으로 일족이 멸망을 향해서 달릴 줄은 생각도 못했다.

아무리 강력한 몬스터인 스콜피온이라지만, 지능도 없는 괴물들 따위에게 위대한 삼안족이 멸족을 당하다니……. 참을 수 없는 분노가 치밀어 올랐다.

"발키리다. 발키리가 왔다!"

누군가 소리쳤다.

카펜트는 고개를 돌려서 성벽 밖을 바라봤다.

누군가의 외침대로 성벽 밖에는 6백 명에 달하는 발키리들이 유니콘을 타고 빠른 속도로 다가오고 있었다.

그녀들이 주문을 외운다. 순간 술법이 터지며 성벽에 바글바글하게 붙어 있던 스콜피온들에게 부딪쳐 폭발했다.

콰콰콰콰쾅!

백여 마리의 스콜피온들이 불길에 휩싸였다. 그럼에도 괴물들은 쉽사리 죽지 않았다. 징글징글할 정도로 강력한 생명력이었다.

"카시어스."

곤은 카시어스를 불렀다.

"왜?"

"많이 답답했을 거다. 이젠 실력 발휘 좀 해."

"헤, 그래도 돼?"

곤은 고개를 끄덕였다.

"흐흐, 그럼 차원이 다른 마법을 보여주지."

카시어스는 양쪽 손을 번쩍 들었다. 그동안 유니콘의 속도에 적응을 했는지 양손을 놓고도 전혀 흔들림이 없었다.

"라이징 샤워!"

카시어스의 입에서 초고위 마법의 주문이 흘러나왔다. 동시에 어두운 하늘에서 강대한 번개가 스콜피온들을 향해서 떨어졌다.

콰콰콰쾅!

십여 마리의 스콜피온들이 흔적도 없이 사라졌다.

쐐애애애액!

번개는 한 발로 끝난 것이 아니었다. 수십 발의 번개가 연속으로 성벽 근처를 때렸다.

콰콰콰콰콰콰콰쾅!

한 마리를 죽이기 위해서 그토록 악착같이 싸웠건만, 한 마리를 죽이기 위해서 많은 워리어들이 희생을 했건만, 모든 것이 허무하리만치 강력한 마법이 성벽 밖에 우글거리던 스콜피온들을 한순간에 휩쓸어 버렸다.

너무나도 강력한 마법에 워리어들도 발키리들도 일순간 멈칫거리고 말았다. 그들은 이것이 현실인지 분간이 가지 않았다.

"돌입한다!"

곤이 외쳤다. 그를 필두로 수백 명의 발키리들은 엘도라도로 뛰어들었다.

"후압!"

씽과 데몬고르곤은 압권의 전투력을 보여주었다. 씽의 손톱은 깨뜨리기 어렵다는 스콜피온의 각질을 무 썰 듯이 잘라 버렸다.

스콜피온들은 씽에게 접근조차 하지 못한 채 수백 조각으로 나뉘고 말았다.

데몬고르곤의 상상을 초월한 완력도 마찬가지였다. 그는 30미터가 넘는 스콜피온들을 맨손으로 찢었다.

삼안족들은 두 눈으로 보고도 믿기지가 않았다.

"정신 놓고 있지 마!"

곤이 다시 외쳤다.

너무나도 강력한 무력에 정신이 팔려 있던 발키리들은 그제야 정신이 들었다.

그녀들은 성안으로 진입하며 사투를 벌이고 있는 워리어들을 도왔다.

워리어들은 환호성을 질렀다.

그들은 목숨을 걸고 자신들을 구해준 발키리들에게 진심으로 고마움을 느꼈다.

*　　*　　*

판타니즘.

폰 쉐르네일의 집무실에 삼안족을 대표하는 모든 사람들이 모여 있었다.

발키리들의 도움으로 워리어들은 이곳까지 무사히 자리를 옮길 수가 있었다. 생존자는 212명. 그중에서도 부상자는 백 명에 달한다.

중상자도 상당수였다.

만약 때맞춰 발키리들과 인간들이 도움을 주지 않았다면…….

카펜트는 고개를 흔들었다.

생각도 하기 싫었다.

카펜트는 자리에서 일어났다. 그러고는 폰 쉐르네일을 향해서 고개를 숙였다.

"진심으로 감사하오. 그대들이 아니었으면 우리 워리어들은 엘도라도에서 목숨을 잃었을 것이오."

"아닙니다. 위대한 워리어의 지도자시여. 같은 삼안족으로서 당연한 일을 했을 뿐입니다."

폰 쉐르네일은 부드럽게 웃으며 말했다. 하지만 카펜트의 표정은 밝지 않았다. 그렇지 않아도 적은 워리어들의 숫자가 반으로 줄었다. 그런 상황에서 그는 웃을 수가 없을 것이다.

"곤이라고 하였소? 큰 신세를 졌소. 고맙소."

카펜트는 곤에게도 고개를 숙였다. 그는 인간들의 강대한 마력을 두 눈으로 똑똑히 보았다. 그들의 강력한 무력은 자신들보다 몇 배나 위였다. 인간의 힘이 이토록 강할 줄은 상상도 하지 못했다.

자신도 모르게 자괴감이 밀려왔다.

"아닙니다. 운이 좋았을 뿐입니다. 저희는 위대하신 워리어의 지도자와 얘기를 하고 싶었습니다. 때마침 도착했기에 망정이지 정말로 큰일이 날 뻔했습니다."

곤은 조금도 안색이 변하지 않고 뻔뻔하게 거짓말을 했다.

그의 의중을 알고 있는 사람은 동료들 밖에 없었다. 씽은 다른 의미로 곤이 점점 더 무서워지는 것 같다고 느꼈다.

"위대한 지도자시여. 인간 세상을 기억하십니까?"

곤은 단도직입적으로 물었다.

"그것은 왜 묻소?"

"저는 삼안족과 화친을 맺고 싶습니다."

"화친?"

"그렇습니다. 삼안족의 능력이 이대로 묻히기에는 너무 아깝습니다. 인간 세상으로 나가 삼안족이 번영하는 것을 보고 싶습니다. 이대로 멸족을 한다면 위대한 지도자께서는 어찌 선조의 낯을 보겠습니까."

"우리는 인간들에 의해서 이곳으로 쫓겨났소. 그런 우리가 인간들을 믿으리라 보시오?"

"당연히 억울하겠지요. 화도 나겠지요. 풍요로운 세상에서 쫓겨나 이토록 척박한 땅에서 수천 년간 살아왔으니까요. 하지만 모든 인간들이 그런 것은 아닙니다."

"모든 인간들이 그런 것은 아니다라……."

문득 셔론과 우리스가 했던 말이 떠올랐다. 달의 세계로 온 인간들은 나쁘지 않은 것 같다고. 하지만 곧이곧대로 믿을 수가 없었다.

"같이 갑시다."

"어딜?"

"인간 세계로. 당신들의 번영을 위해서 내 이름을 걸고 최선을 다하겠습니다."

"믿을 수 없어."

"제 목을 걸지요."

"말로만?"

"어떻게 하면 믿을 수 있겠습니까."

"인간들은 난 믿을 수가 없소."

"인간을 믿으란 말이 아닙니다."

"그럼?"

"저를 믿으십시오."

"……."

카펜트와 상급 워리어들은 아무런 말을 하지 않고 곤을 바라봤다.

인간은 믿지 않아도 된다.

하지만 자신을 믿어 달라. 그 말이 무척이나 가슴에 와 닿았다.

단단하게 굳었던 그들의 마음이 조금씩 벌어졌다.

"우리는 오랜 시간 인간세계와 동떨어진 채 살아왔소. 그런 우리가 인간세계에서 적응을 할 수 있겠소?"

됐다.

곤은 희미하게 미소를 지었다. 본인은 인정하지 않겠지만 카펜트의 마음은 이미 인간세계로 가는 것으로 가닥을 잡았다.

"성심성의껏 도와 드리겠습니다. 그리고 삼안족이 멸족하지 않도록 최선을 다하겠습니다."

"그게 가능하겠소?"

"반드시 그렇게 만들겠습니다."

"후우."

카펜트는 길게 한숨을 내쉬었다. 그는 잠시 별이 빛나는 하늘을 바라봤다. 그러고는 고개를 들어 곤을 바라보며 말했다.

"잠시만, 잠시만 생각할 시간을 주시겠소? 다른 상급 워리어들과 얘기를 하고 싶소이다."

"얼마든지요."

*　　　*　　　*

폰 쉐르네일과 곤은 독대를 하고 있었다. 폰 쉐르네일은 따뜻한 차를 마셨다. 그녀의 표정은 한결 편안해 보였다.

"도대체 무슨 마법을 쓴 겁니까?"

폰 쉐르네일이 곤에게 물었다.

"마법이라니요?"

곤은 아무것도 모르겠다는 듯이 고개를 갸웃거렸다.

"스콜피온의 일도 그렇고, 저들의 마음이 저토록 쉽게 녹을 리가 없는데 말이죠. 어쨌든 고맙습니다. 덕분에 우리는 멸족을 면하게 됐어요. 카펜터도 마음을 굳혔을 겁니다."

"제가 한 일이 있나요. 그저 운이 겹쳐서 좋은 결과를 가져온 것이죠. 물론 삼안족의 살아남고 싶다는 강렬한 생존 욕구가 뒷받침이 된 것이지만."

"호호호호, 그대는 겉모습과는 다르게 말을 참 잘하네요."

곤은 겉모습과는 다르게? 도대체 내가 어떻게 보이는데, 라는 말은 차마 할 수가 없었다.

"그럼 이제 말을 해주셨으면 합니다. 제가 고향으로 돌아갈 수 있는 방법을."

곤의 목적은 이것이다. 이것을 위해서 번거로운 일도 마다하지 않았다.

"그래요. 약속을 지키셨으니 말씀드려야죠. 충격을 받지 않으셨으면 좋겠네요."

"그런 일은 없을 겁니다. 고향으로 돌아가기 위해서는 저는 무엇이든 할 겁니다."

"그대는 미래의 의지예요."

"저번에도 그런 말씀을 하시던데……. 그게 무슨 소리죠?"

"우선 당신은 저주에 걸렸어요."

"저주?"

"네, 잘 생각해 보세요. 누군가에게 강렬한 원한을 진 적이 없는지……."

곤은 이세계의 떨어진 이후를 생각해 보았다. 워낙 많은 일이 있어서 누군가에게 원한을 샀는지 알 수가 없었다. 그만큼 많은 생명을 앗아갔다는 뜻이기도 했다.

"글쎄요."

"당신에게 저주를 내린 사람은 헤이나라는 여자입니다."

"헤이나?"

"잊어버렸나요? 당신이 죽인 건달의 아내."

"아!"

그제야 자신을 속이고 뒷골목으로 유인했던 여자가 떠올

랐다. 그 아이는 자던 자신을 습격해 흑마법을 펼치고는 죽었다. 당시에는 무척이나 재수가 없었다고 생각했다.

그 아이의 마지막 말이 떠올랐다.

'너도 나와 똑같은 꼴을 당해봐야 해!'

"그러니까 그 아이의 흑마법으로 인해서 나는 저주에 걸렸단 말입니까? 어떤?"

"이 세계를 벗어나지 못하는 저주. 영원한 굴레에서 쳇바퀴 돌 듯이 같은 일을 반복하는 겁니다."

폰 쉐르네일의 말에 곤은 정신은 천 길 낭떠러지로 떨어지는 느낌이 들었다.

"그, 그게 무슨. 그럼 전 고향으로 돌아갈 수 없다는 말입니까?"

"그건 아닙니다. 당신은 이곳에서 벗어날 수 있는 유일한 길은……."

폰 쉐르네일은 리치 킹이 했던 말을 곤에게 전해주기 시작했다. 그녀의 말을 들을수록 곤의 표정은 점점 험악하게 변해갔다.

Chapter 9. 삼안족의 인간세상 적응기

폰 쉐르네일의 예상대로 워리어들은 발키리들과 함께 인간 세상으로 옮기기로 결정했다.

사실 워리어들에게는 선택권이 없다고 해도 과언이 아니었다. 생존을 위해서는 반드시 인간들의 힘이 필요했다. 또한 그들도 예전부터 알고 있었다. 삼안족이 멸족하지 않기 위해서는 인간들과 씨를 섞어야 한다는 것을.

단지 그들의 자존심이 그것을 허락하지 않았을 뿐이다. 그러나 상황이 이렇게까지 극한으로 몰린 상태에서 계속해서 자존심을 세울 수는 없는 노릇이었다.

덜컥덜컥.

유니콘이 이끄는 마차는 100대가 넘는 듯했다. 마차는 포탈 근처에서 멈췄다. 800명에 달하는 삼안족과 2,000마리가 넘는 유니콘, 그들이 사용하던 온갖 물건들이 마차에 가득 실려 있었다.

삼안족이 가져온 물건은 많은 것이 아니었다. 천 년이 넘는 세월 동안 달의 세계에서 문명을 꽃피웠던 삼안족이다.

얼마나 많은 보물이 이곳에 묻혀 있을지 감도 잡히지 않았다. 하지만 그들은 자신들에게 필요한 최소한의 물건만 마차에 실었다.

몇몇 사람은 집을 떠나면서 하염없이 울기도 했다.

그렇지만 대부분의 얼굴은 밝았다. 그들이 바라보는 인간의 행성은 동경의 대상이었다.

눈이 부시도록 푸른 행성. 언젠가 구세주가 포탈을 열고 나타나 자신들을 구해줄 것이라 믿어 의심치 않았다. 그 와중에 워리어와 발키리가 등을 돌리게 된 것이지만.

"헤즐러가 무척이나 좋아하겠군."

곤은 800명의 삼안족들을 보며 작은 목소리로 말했다.

"뭐가 말입니까? 형님."

씽은 이해가 되지 않는다는 듯이 고개를 갸웃거렸다. 800

명이나 되는 삼안족이 영지에 합류한다면 헤즐러의 재정부담은 엄청나게 늘어난다.

이들이 자리를 잡을 때까지는 최소한 1년에서 2년은 걸릴 테니까. 그동안 이들에게 모든 사회생활 비용을 대줄 사람은 헤즐러였다.

그러니 씽은 이해가 되지 않는 것이다.

“이들이 단순한 영지민이 될 자들로 보이느냐?”

“평범한 영지민과는 다르지요.”

“맞다. 이들은 평범한 영지민이 아니지. 마법으로 치면 이들 개개인은 5서클 이상의 마법사들이다. 더군다나 검과 창도 기사처럼 능숙하게 다룰 줄 알지. 이해가 되나? 이들은 대륙에서도 극히 희귀한 마검사다. 숫자는 겨우 800명이지만, 이들의 전력은 1개 군단과 맞상대를 할 수 있을 정도로 엄청나다.”

“아, 그렇군요.”

그제야 씽은 곤이 무엇을 말하는지 알았다. 단순한 영지민으로 보자면 식충이지만, 군사적인 입장에서 보자면 이들은 최강의 전력이나 마찬가지였다.

곤은 이들에게 최선을 다해서 서포트를 할 생각이다. 그리고 만일의 사태에 대비하여 이들의 전력을 이용할 것이다.

이미 폰 쉐르네일이나 카펜트와는 얘기가 다 되었다. 그들 역시 자신들이 필요하면 돕겠다고 확실하게 말을 했다.

삼안족의 합류로 헤즐러의 군세는 지금보다 다섯 배 이상 강해질 것이 확실했다.

더군다나 2천 필에 가까운 유니콘.

유니콘으로 구성된 기마대가 얼마나 강할지 곤은 상상조차 하기 어려웠다.

보통의 기마대보다도 월등한 기동력, 강력한 힘은 전차보다 훨씬 강한 위력을 발휘할 것이다.

이들이 얼마나 활약을 할 수 있을지 기대가 된다.

영지에 남은 백 명의 기사들 역시 이들에게 자극을 받아 더욱 훈련에 박차를 가할 것은 보지 않아도 뻔한 일이었다.

이래저래 이들의 합류는 영지의 발전을 위해서 무척이나 이롭고 반가운 일이었다.

"준비가 다 됐어요."

폰 쉐르네일이 곤에게 다가왔다.

곤은 삼안족들을 바라보았다. 삼안족들은 기대와 두려움이 반쯤씩 섞인 눈빛으로 곤을 바라보고 있었다. 그리고 백 대가 넘는 마차와 2천 필의 유니콘, 이들을 모두 나르기 위해서는 하루 종일 포탈을 왕복해야 할 듯했다.

"포탈 위에는 인원이 얼마나 올라갈 수 있습니까?"

"확인해 본 결과 한 번에 마차는 한 대, 유니콘은 열 마리,

저희 종족은 마흔 명이 한 번에 올라갈 수 있습니다."

"그렇군요."

곤은 고개를 끄덕였다. 정말로 하루 종일 운반을 해야 한다.

"가자고요. 삼안."

삼안은 고개를 끄덕였다. 포탈을 열기 위해서는 삼안족 한 명과 인간 한 명이 반드시 필요했다. 이곳에서 순수한 인간은 곤밖에 없었다.

곤과 삼안은 이들이 모두 인간 세상으로 옮길 때까지 자리에서 뜰 수가 없었다.

그렇지만 힘들다는 생각은 들지 않았다.

이들에게는 희망을—

곤에게는 고향으로 돌아갈 수 있는 길을 알려줬으니까.

"자, 갑시다."

첫 번째로 포탈 위로 올라간 삼안족과 마차, 유니콘들의 몸이 흰 섬광의 휩싸였다.

* * *

두 노기사와 마을을 시찰한 헤즐러는 저택으로 돌아왔다.

영지의 규모는 날이 갈수록 커지지만, 저택의 크기만큼은 아직까지 그대로였다.

몇몇 가신들이 저택을 허물고 성을 세워야 한다고 말을 했지만, 헤즐러는 일언지하로 거절했다. 가신들의 말은 어느 정도 설득력이 있었다. 라덴 왕국과의 전쟁으로 이곳이 얼마나 전투에 취약한지 뼈저리게 느끼지 않았던가.

하여 마을을 복원하고 가장 먼저 한 일은 성벽을 쌓는 일이었다.

수확기가 지난 덕분에 많은 사람들이 동원이 돼서 성벽을 쌓는 일에 힘을 쓰고 있었다.

하지만 저택만큼은 건드리고 싶지 않았다. 저택은 대대로 그의 가문이 사용한 유서 깊은 곳이었다. 벌써 사용한 지 200년이 넘어갔다.

그런 곳을 자의대로 부수고 싶지 않았다.

또한 이곳은 조부, 부모님, 스승님과의 추억이 서린 곳이었다.

그런 곳을 함부로 허물고 싶지 않은 것이 솔직한 심정이었다.

목욕을 마치고 나온 헤즐러는 저녁 식사를 한 후, 자신의 방으로 들어갔다. 메이드 아리안이 따뜻한 홍차를 가져다주었다. 헤즐러는 홍차를 마시며 부서진 달을 물끄러미 바라보았다.

그는 사부가 부서진 달의 세계로 떠난 것을 축제가 끝난 후에야 알았다.

처음에는 자신에게 그 사실을 말하지 않고 떠난 사부가 미웠다.

그러나 시간이 지나자 사부의 뜻은 그것이 아님을 알았다.

언제 돌아올지 알 수 없는 기약을, 희망을 자신에게 주고 싶지 않았던 것이다.

"벌써 6개월인가……."

헤즐러는 길게 한숨을 내쉬었다. 어느새 소년은 많이 커서 청소년처럼 보였다.

목젖이 나오고 2차 변성기가 시작됐다. 목소리도 조금은 허스키하게 들렸다.

어느덧 소년이 사부를 섬긴 지 2년이란 세월이 지난 것이다.

2년이란 세월은 소년에게 다사다난한 해였다. 도대체 어떻게 그동안 자신이 살아남았을까 의아하기까지 했다.

결론적으로 말하자면 사부로 시작해서, 사부로 끝이 났다.

사부는 영지의 절대적인 수호신이었다. 사부가 없는 영지는 생각조차 할 수가 없었다.

영지를 이끄는 것은 자신이지만 영지의 안정과 평화, 믿음을 가져다주는 것은 사부였다. 막말로 사부가 없다면 기사들과 병사들도 크게 동요할 것이 눈에 보였다.

그들이 지금도 흔들림 없이 훈련에 매진하는 것도 언젠가 사부가 돌아올 것이라는 믿음 때문이었다.

그것은 헤즐러도 마찬가지였다. 사부라는 거대한 나무가 없으면 그 역시 불안해진다.

"사부님, 달의 세계는 어떤가요? 멋진가요? 아니면 위험한 곳인가요?"

헤즐러는 부서진 달을 보며 중얼거렸다.

그때였다.

쿵쿵쿵쿵—

누군가 헤즐러의 방문을 크게 두드렸다. 헤즐러는 영주다. 그 누구도 예의 없이 이런 식으로 문을 두드리지는 않는다. 깜짝 놀란 헤즐러가 상념에서 깨어났다. 그는 문을 바라보며 물었다.

"누구십니까?"

"접니다, 스톤."

헤즐러의 수호기사인 스톤의 목소리가 문밖에서 들려왔다.

평상시와 다르게 그의 목소리는 흥분되어 있었다. 지긋한 나이기에 흥분하는 일이 거의 없는 그였다. 헤즐러는 의아하여 고개를 갸웃거렸다.

그는 자리에서 일어나 방문을 열었다.

스톤의 노안이 붉게 물들어 있었다. 허연 수염 때문에 조금은 귀엽게도 보였다.

"무슨 일이에요? 스톤?"

"돌아왔습니다."

"뭐가요?"

"곤이 돌아왔습니다!"

"정말요?"

헤즐러의 두 눈이 크게 떠졌다. 그토록 기다리던 사부가 드디어 돌아온 것이다. 소년은 맨발로 방문을 뛰어나갔다.

"영주님! 영주님!"

스톤은 헤즐러를 불렀다. 하지만 헤즐러는 1층으로 내려가는 계단을 날듯이 뛰어내려 가고 있었다. 할 수 없이 스톤은 자신이 헤즐러의 신발과 옷을 챙겨서 뒤따라 내려갔다.

저택 앞으로 나온 헤즐러는 주위를 돌아보았다. 밝은 달만 떠 있을 뿐, 주변에는 아무것도 보이지 않았다. 정문에서 경계를 서는 두 명의 병사뿐이었다.

스톤이 헐레벌떡 헤즐러의 쫓아 내려왔다.

"사부님은 어디에?"

"여기 일단 신발부터 신으세요. 옷도 챙겨 입고요."

스톤은 신발을 바닥에 놓았다. 헤즐러는 주위를 계속해서 돌아보며 신발을 신었다.

"곤은 지금 마을 입구에 있습니다."

"마을 입구에는 왜요?"

"객식구가 늘은 것 같습니다."

"그게 무슨 소리예요?"

이해가 가지 않는 헤즐러는 볼을 긁적거렸다.

"직접 보시는 것이 나을 듯합니다. 이보게, 홀."

스톤은 경계를 서고 있던 병사 홀을 불렀다. 지금의 홀은 십인장이다. 하나, 그는 곤이 없는 동안 영주를 지켜야 한다는 일념 하에 경계 근무에 자진해서 지원을 했다.

"네, 스톤님."

완전무장을 한 홀이 철컹거리는 소리를 내며 뛰어왔다.

"말 두 필만 내와 주게."

"야심한 밤에 어디 가십니까?"

아무리 영지가 안정화가 되었다고 하더라도 밤은 위험하다.

간혹 길을 잃은 늑대나 호랑이가 영지 안으로 어슬렁거리면서 돌아다니기도 했다. 하여 홀은 걱정스럽게 물은 것이다. 아차하면 자신도 따라나설 계획이었다.

"곤이 왔네."

"마스터가요?"

홀의 두 눈이 크게 떠졌다. 영지의 곤이 있고 없고의 차이는 엄청나다.

곤이 마을에 있다는 것만으로도 영지민의 깡은 대단히 높아진다.

예를 들면 이런 식이었다. 이방인이 영지에서 행패를 부리면 아이들도, 노인들도, 여인들도 겁을 먹지 않는다. 이곳에 곤이 있는데 네가 어쩔 건데? 때려봐, 때려봐. 이런 것이다.

하지만 곤이 없으면 영지민의 기가 한풀 꺾였다.

"그래, 지금 도착한 것 같군."

"저, 저도 같이 가도 됩니까?"

"음."

저택 뒤편에 있는 경비대에는 열 명이 교대근무를 서며 이곳을 보호한다.

영주를 보호하는 것은 당연하고, 막대한 보물이 저택 어딘가에 있기 때문이었다.

"다른 한 명을 대신 보초로 세우게. 그럼 허락하겠네."

"알겠습니다. 냉큼 가서 보초를 세우고 말을 가져오겠습니다."

잠시 후, 홀은 세필의 말을 가져왔다. 그는 헤즐러가 말을 탈 수 있게 무릎을 바닥에 대고 허리를 숙였다. 헤즐러는 그의 등을 밟고 말에 올랐다. 곧이어 홀도 말에 올라탔다.

본래 일반 병사들은 말을 타지 못한다. 귀한 말은 귀족이나 기사들의 전유물이었다.

그러나 곤은 일반 병사들의 생존력을 높이기 위해서 기마술뿐만 아니라 기사들이 배우는 전문적인 검술도 가르쳤다.

병사들은 마나만 쓰지 못할 뿐이었다.

덕분에 이곳에 병사들은 다른 영지의 병사들에 비해서 월등한 전투력을 보유하고 있었다.

"갑니다."

헤즐러는 힘차게 앞으로 달렸다.

"같이 가요. 영주님."

홀과 스톤이 서둘러 헤즐러의 뒤를 쫓았다.

본래대로라면 저녁을 먹고 잠자리에 들 시간이었다. 그러나 지금은 거의 모든 마을 사람이 집밖으로 나와 있었다.

"곤 님이시다! 곤 님, 안녕하세요! 어디 갔다 오셨어요."

"곤 님, 보고 싶었어요! 꺄악!"

곤은 보기보다 어린아이와 여자에게 인기가 많았다. 어린아이들은 곤을 보면서 무적의 기사를 상상했고, 아직 시집을 가지 않은 여자들은 곤에게 아직 짝이 없다는 것을 알고 있었다.

그들은 곤을 보자 광분하며 손을 흔들었다.

마을 사람들은 곤의 뒤를 보았다. 상당한 숫자의 사람들이 백대가 넘는 마차와 이마에 뿔이 달린 말들을 끌고 천천히 마을에 들어서고 있었다.

"어머, 저 사람들은 누구야? 눈이 세 개야, 어머나!"

"저 백마는 도대체 뭐지? 이마에 뿔이 있어."

곤을 반기던 사람들이 생전처음 보는 삼안족과 유니콘을 보며 수군거렸다. 곤이 데려왔으니 위험한 일은 없을 것은 알지만, 그래도 두려움이 드는 것은 사실이었다.

그것은 삼안족도 마찬가지였다.

삼안족 대부분이 인간들을 처음 보았다.

삼안족 중에서 인간들을 만난 적이 있는 자는 폰 쉐르네일과 카펜트, 몇몇 상급 전사들뿐이었다.

그들은 양쪽 길에 수많은 사람들 사이로 걸어가면서 어색함과 함께 새로운 세상에 대한 두려움을 느꼈다.

삼안족은 인간들에게 불안감을 느낄 수밖에 없었다. 처음으로 만난 인간이 곤과 동료들이 아니던가. 그들의 무력은 자신들이 쳐다볼 수 없을 정도로 까마득한 높이에 있었다.

다른 인간도 그럴 것이라 생각은 하지 않지만, 곤에 의해서 두려움이란 감정이 무의식에 깔리게 된 것이다.

사람들이 점점 모여들었다. 사람들이 모여들수록 삼안족들은 이상하게 움츠러들었다.

"호호, 이 하천한 인간들아! 내가 왔도다. 그동안 나를 기다렸느냐!"

카시어스가 마차 위에 올라가더니 마을 사람들을 향해서 호통하게 웃으며 외쳤다.

데몬고르곤은 그런 그녀의 모습이 창피한지 멀찌감치 피했다.

"우와! 카시어스 님이다! 카시어스 님, 건강하셨어요?"

카시어스는 남자아이들이 무척이나 좋아했다. 나이에 비해서 무척이나 어려보이는 것이 크게 한몫을 했다. 더군다나 그녀는 초고위 마법사.

헬리온 후작의 수석 마법사인 린다맨보다도 훨씬 수준이 높다는 것은 공공연한 비밀이었다. 당연히 사람들에게 인기가 많을 수밖에 없었다.

곤도 그렇지만 씽, 데몬고르곤, 안드리안, 카시어스, 상급 기사들은 영지민의 자부심이었다.

헬리온 후작조차 보유하지 못한 최강의 기사와 메이지.

카시어스의 그런 모습을 보자 삼안족들은 자신도 모르게 픽하고 웃고 말았다.

괴팍한 것은 달의 세계에 있을 때부터 알아봤지만, 이곳에서까지 그럴 줄은 몰랐다.

카시어스 덕분에 삼안족들의 긴장은 많이 풀렸다.

"씽, 씽!"

인파를 헤치고 로즈가 나타났다. 그녀는 씽을 향해서 곧바로 달려왔다.

씽도 로즈를 발견했다. 그는 반가운 마음에 양 팔을 벌렸다.

"로즈!"

씽 답지 않게 밝고 건강한 목소리로 그녀를 불렀다.

"로즈 같은 소리 하네!"

로즈는 씽의 사타구니를 향해서 곧바로 발차기를 날렸다.

퍽! 소리와 함께 씽의 얼굴이 사색으로 변했다. 졸지에 당한 기습, 씽의 머릿속은 하얗게 변해갔다.

"왜, 왜?"

"왜 이 자식아? 간다면 간다고 말을 해야지, 갑자기 사라져서 6개월이나 연락이 없던 놈이 누군데!"

"6개월?"

6개월이란 소리에 곤을 비롯하여 모두가 놀랐다. 그들이 달의 세계의 있던 시간은 많이 잡아도 2개월이었다. 6개월이라니. 말이 되지 않는다.

곤은 폰 쉐르네일을 바라봤다. 이거 어떻게 된 거냐는 물음이었다.

"모르셨나요? 이곳과 달의 세계는 시간의 개념이 다릅니다."

"어떻게 말입니까?"

"달의 세계의 시간이 3배 빠릅니다."

그 말은 20년만 달의 세계의 있으면 60살이 된다는 소리가 아닌가.

"그, 그렇군요."

곤과 씽은 한시름을 놓았다. 불멸의 인생을 살고 있는 카시어스나 데몬고르곤은 모르지만 곤과 씽은 수명이 있었다.

그곳에 더 오래 있었더라면 큰일이 날 뻔했다. 대륙도 어떤 식으로 요동을 쳤을지 모를 일이었다.

"너, 빨리 이리 와봐."

로즈는 씽의 귀를 잡고 사라졌다. 씽은 자신이 무엇을 잘못했는지도 모르고 귀를 잡힌 채 로즈에게 끌려갔다. 끌려가면서 로즈의 입에서 쌍욕이 나왔고, 왠지 모르지만 씽은 그녀에게 계속 사과를 했다.

"호호호호."

폰 쉐르네일은 입을 가리고 웃었다.

"왜요?"

곤은 의아한 얼굴로 물었다. 그녀가 웃는 이유를 그는 알 수가 없었다.

"생각보다 훨씬 유쾌한 영지 같아서요. 제가 기억하는 인간 세상은 이런 것이 아니었거든요"

"어떤 세상을 기억하시기에."

"오로지 전쟁과 욕망만이 지배하는 곳이었어요."

폰 쉐르네일은 과거의 일이 기억나는지 몸을 부르르 떨었다. 그만큼 그녀의 과거는 피로 물들었다는 뜻이니라.

"이곳도 마찬가지입니다. 대신 그대들은 제가 지켜드릴 겁니다."

폰 쉐르네일은 물끄러미 곤을 바라봤다. 그가 강하다는 것은 안다. 삼안족 중에서 그를 당할 사람은 없었다. 인간 세상에서도 그는 강자에 속할 것이다.

세상에는 강자가 많다. 그러나 신뢰할 수 있는 사람은 얼마나 될까. 강하면 강할수록 강함에 취해 약자를 무참하게 짓밟는 사람들이 부지기수였다.

그런데—

곤은 그들에 속하지 않는다. 본능으로, 느낌으로 그것을 알 수 있었다.

폰 쉐르네일은 빙긋 웃으며 말했다.

"잘 부탁드려요."

"저야말로."

그들은 다시 움직였다. 삼안족의 숫자가 상당하여 오늘은 야외 취침을 할 수밖에 없었다. 그렇다고 아무 곳에서나 재울 수는 없었다. 일단 저택 근처에 이들의 짐을 풀고, 내일부터 이들이 기거할 장소를 물색해 봐야 할 듯했다.

"사부님!"

멀리서 반가운 목소리가 들렸다.

곤은 고개를 들어 빠르게 다가오고 있는 헤즐러를 보았다.

곤의 앞까지 다가온 헤즐러는 말에서 뛰어내렸다. 소년은 곤에게 뛰어들었다.

곤은 부드럽게 미소를 지으며 소년을 안아주며 머리를 헝클었다.

"사부님, 사부님."

헤즐러를 곤의 품에 안겨서 눈물을 찔끔거렸다.

그래도 예전처럼 눈물을 펑펑 터뜨리거나 하지는 않았다.

"잘 다녀오셨어요?"

고개를 든 헤즐러가 눈물이 가득한 얼굴로 웃으며 물었다.

"그래, 잘 다녀왔어."

"헤헤, 달의 세계의 모험을 꼭 얘기해 주셔야 해요."

"그래, 가자. 달의 세계가 어땠는지 얘기해 주마."

곤은 헤즐러의 손을 잡았다.

사제지간은 저택을 향해서 천천히 걸어갔다.

마을 사람들은 그런 두 사제지간을 보며 흐뭇한 미소를 지었다.

* * *

삼안족이 합류한 이후로 영지는 활력이 넘쳤다. 삼안족의 외모는 특이하지만 그렇다고 나쁜 사람들은 아니었다.

모든 삼안족은 시골 사람들처럼 순박했다. 세상에 대해서 전혀 때가 묻지 않은 그런 자들이었다.

그렇기 때문인지 영지민과는 빠르게 친해질 수가 있었다.

마을에서 불과 1킬로미터 정도 밖에 떨어지지 않은 곳에 삼안족의 마을이 생겼다. 몬스터의 습격은 적지만 땅에는 자갈이 많아 마을로 만들기에는 애로사항이 많았던 곳이다.

그러나 평평하고 질이 좋은 곳은 밀을 경작할 수 있었고, 우물이 곳곳에 있어 식수 걱정을 하지 않아도 되는 곳이었다.

삼안족은 일생 동안 노동이라는 것을 거의 한 적이 없었다. 판타니즘과 엘도라도라는 도시는 선조들이 세운 것이고, 저택 역시 마찬가지였다. 그들이 하는 일의 대부분은 스콜피온의 습격을 막는 일과 오로지 강해지기 위한 훈련뿐이었다.

당연히 땅을 파고, 자갈을 캐내며 집을 짓기 위해 말뚝을 세우는 일 따위는 해본 적도 없었고, 생각해 본 적도 없었다.

"우와, 도대체 어떻게 해야 하는 거야. 차라리 훈련이 낫겠네. 이렇게 힘들 줄이야."

셔론과 우리스가 바닥에 앉은 채 숨을 헐떡였다. 뙤약볕에서 오전 내내 허리를 굽히고 자갈을 캐내려니 미칠 것만 같았다. 땀은 왜 이리 비 오듯이 흐르는지.

쏴아아아—

그들은 우물에서 물을 길러 머리에 뒤집어쓰고는 바닥에 덜렁 누웠다.

"저게 태양빛이구나. 따뜻하다."

우리스는 하늘에 떠 있는 태양을 보며 중얼거렸다.

"미친놈, 따뜻하긴. 뜨거워 죽겠구만."

"그래도 달의 세계에 있는 태양보다는 훨씬 친절한데."

달의 세계에서는 태양이 뜨면 모두가 밖으로 나오지 않는다.

잘못하면 화상을 크게 입을 수도 있었다. 급한 일이 있다면 피부는 모두 가리고 외출을 해야 했다.

눈만 내놓는데 절대로 태양을 봐서는 안 된다. 잘못하면 실명을 할 수도 있었다.

달의 세계에서 태양은 무서운 존재였지, 생명의 기운을 주는 존재가 아니었다.

그렇기에 대륙에서 보는 태양은 너무도 신기하고 따뜻했다.

"하늘이 참 예쁘다."

"그건 그러네."

너무도 눈부시게 푸른 하늘. 어둡고 별만 보이는 달의 세계와는 느낌 자체가 완전히 달랐다.

살랑살랑 바람이 불어온다.

셔론과 우리스는 자신도 모르게 눈을 감았다. 달콤한 잠이 그들을 유혹했다.

잠이 막 들려는 찰나.

그들의 머리 위로 긴 그림자가 드리워졌다.

"야, 이 자식들아! 우리 상급 전사들도 일 하는데, 어린놈의 쉐끼들이 자빠져서 뭐 하는 거야!"

상급 워리어, 마오스가 호통을 쳤다.

깜짝 놀란 셔론과 우리스가 벌떡 일어나 '죄송합니다.' 라고 말을 하고는 삽을 들고 바닥을 다시 파기 시작했다.

그들의 모습을 본 삼안족은 킥킥거리면서 웃었다.

자갈을 줍던 카펜트가 잠시 허리를 펴고 일을 하고 있는 동족들을 보았다.

모두가 열심히 땀을 흘리면서 집을 짓고 있었다. 그나마 다행인 것은 그들에게 집을 짓는 기술이 남아 있다는 것이다.

비록 많이 지어 보지는 않았지만 과거의 기억을 떠올려서 하나하나 층을 올리고 있었다.

시간이 지나면 저택을 짓는 속도는 더욱 빨라질 것이다.

"보기 좋구나."

카펜트의 흐뭇하게 미소를 지었다.

"정말로 보기 좋군요."

어느새 다가온 곤이 카펜트의 옆에 섰다.

"자네 덕분이네. 비록 몸은 고되지만 이토록 마음 편하게 살아본 적은 처음일세."

곤은 고개를 끄덕였다.

달의 세계는 아름답지만 사람이 살기에는 너무도 척박한 땅이었다.

"이곳에 정을 붙이면 달의 세계보다 훨씬 살기는 좋을 겁니다."

"그렇다면 다행이네만……."

카펜트는 곤을 믿는다. 그렇다고 인간을 믿는 것은 아니었다.

그 역시 폰 쉐르네일처럼 피의 젖은 과거를 기억한다. 인간들의 욕망은 세상의 모든 것을 파괴시킬 때까지 멈추지 않을 것이다.

그런 날이 다시 오지 않을 것이란 보장은 없었다.

그리고 곤.

카펜트는 곤을 보았다.

분명 이자로 인해서 자신들은 다시 한 번 피의 운명을 겪어야 할 것이다.

그것을 극복하느냐, 할 수 없느냐는 전적으로 곤의 능력과 자신들의 의지에 달려 있었다.

이제는 던져진 주사위였다. 숫자가 무엇이 나오든 돌이킬 수는 없었다.

"자네가… 우리를 잘 이끌어주게."

카펜트의 말은 입안에서만 맴돌았을 뿐, 입 밖으로 나오지는 않았다.

"네? 무슨 말 하셨습니까?"

귀도 밝은 새끼.

"아, 아무것도 아닐세."

카펜트는 다급하게 손을 내저었다.

웅성웅성.

그들의 뒤편으로 많은 사람들의 목소리가 들렸다. 시끌벅적한 소리에 삼안족은 허리를 펴고 소리가 나는 방향을 바라봤다.

그곳에는 마을 사람들이 연장을 잔뜩 어깨에 짊어지고 이곳으로 다가오고 있는 중이었다. 족히 수백 명은 되는 듯했다.

"어이구, 공사다망한 곤께서 여기는 어떤 일로 여기까지 오셨습니까."

로즈의 아버지 타로만이 손을 번쩍 들어 곤을 향해 반갑게 인사했다. 영지 내에서 곤을 가장 어려워하지 않는 인물이었다.

천성이 호탕하다.

호불호가 있기는 하지만 마을 사람들은 대체로 그를 좋아했다.

로즈도 그를 닮아서인지 남자 못지않게 괄괄한 성격을 지니고 있었다.

"여긴 어쩐 일이오?"

곤이 물었다.

"하하하, 어쩐 일이다니요. 새로운 마을 사람이 왔는데 도와야죠. 도와야 같이 잘 살죠. 그게 우리 영주님의 뜻 아니겠습니까."

"흠."

곤은 턱을 매만졌다. 마을 사람들이 삼안족을 배타적으로 밀어낸 것은 아니었다.

그렇다고 좋아한다고도 느끼지 못했다. 이렇게 손수 소매를 걷고 몰려와 도움을 주려고 하는지는 생각도 못했다.

"일손이 모자랐는데 우리야 도와주면 고맙지요."

카펜트는 타로스를 보며 미소를 지었다.

확실히 카펜트의 성격은 부드럽게 변했다. 달의 세계와는 천지차이였다. 아마도 본래의 성격이 이럴 터였다. 지금껏 종족을 지켜야 한다는 마음에 냉정한 모습을 유지했을 것이다.

곤은 개별적으로 몇몇 삼안족과 얘기를 나누었다. 강력한 무력을 지니고 있음에도 이들은 이상할 정도로 착했다. 그것이 천성인 듯했다.

그러하니 1만이 넘는 강력한 세력을 형성하고도 인간들에게 무참하게 쫓겨난 것이다.

그러나 이들을 이끌어줄 강력한 군주가 있다면…….

세상은 삼안족들을 중심으로 다시 태어날 수도 있었다. 그만큼 삼안족은 강력한 존재였다.

"자, 여러분. 그럼 우리 새로운 마을 사람들을 위해서 힘 좀 씁시다."

타로스가 호탕하게 소리치자 수백 명의 젊은 남자들이 한창 공사 중인 마을로 진입했다.

그들은 삼안족과 삼삼오오 어울려 힘든 노동을 시작했다. 힘들고 언제 끝이 날지 알 수 없는 마을 건설이지만, 그들의 입에서는 웃음꽃이 떠나지는 않았다.

곤은 그런 영지민과 삼안족을 흥미로운 눈으로 지켜보았다.

Chapter 10. 월드 워(World war)

제국의 황제 테일즈 1세는 눈앞에 펼쳐진 장대한 군세를 보았다. 인간이 세상을 지배하고 나서 이 정도로 거대한 군세는 누구도 본 적이 없을 것이다.

지평선 끝까지 펼쳐진 어마어마한 군세가 뿜어대는 투기는 세상의 모든 생명들의 숨을 죽이게 만들었다.

테일즈 1세는 가슴이 심하게 떨려왔다.

제국이 건국한지 4세기.

많은 황제들이 제국의 영토를 넓히기 위해서 무던한 애를 썼다. 하지만 이제껏 그 누구도 대륙을 일통한 황제는 없었다.

테일즈 1세는 주먹을 꽉 쥐었다.

자신이 해낼 것이다.

누구도 해내지 못한 대륙 통일을 자신의 손으로 해내리라.

저벅저벅.

5층 건물 높이의 단상으로 레그런 공작이 올라섰다. 건장한 체격의 눈매가 부리부리한 천성적인 무장이었다. 본래 그는 백작이었지만 테일즈 백작이 황제의 자리를 앉게 되는데 혁혁한 공을 세워 공작으로 승격한 것이다.

백작이라고는 하지만 그는 제국에서 다섯 손가락 안에 들 만큼 강력한 무력을 보유했다. 20 대에 마스터가 됐다는 소문은 파다하다. 그런 그가 백작에 머물렀던 것은 정치에 대해서 전혀 모르며, 융통성이 없는 성격 때문이라고 하였다.

그러나 지금 그는 제국의 공작이다.

어지간한 왕국의 왕보다도 강력한 권력을 가진.

단상에 올라간 레그런 공작은 끝없이 펼쳐진 60만 대군을 바라보았다.

60만 대군.

제국 역사상 가장 많은 병력은 아니었다. 하지만 가장 강력한 병사들인 것만큼 확실하다. 과거 톨스토이 대제가 일으킨 70만 대군이라고 할지라도 지금의 군대와 맞붙는다면 보름을 채 넘기지 않고 깨질 것이다.

그만큼 눈앞에 보이는 군대는 막강했다.

"전~~~군!"

레그런 공작은 마나를 이용해 목소리를 높였다. 그의 목소리는 지평선 끝까지 퍼졌다.

"황제 폐하께 군례!"

레그런 공작의 말과 함께 병사들은 창과 검을 가슴에 대며 '충' 이라고 외쳤다.

그 소리의 여파는 어마어마했다. 수십 킬로미터 밖에서도 들릴 정도였고 지반이 들썩였다. 레그런 공작은 절도 있는 모습으로 뒤를 돌아 테일즈 1세를 보았다. 테일즈 1세 역시 황금의 갑옷을 입은 채 레그런 공작을 지켜봤다.

"신 레그런이 폐하께 아룁니다. 세상은 어지럽고 도적들이 날뛰며 몬스터들이 무리를 지어 사람들을 습격하는 일이 부쩍 많아졌습니다. 하나, 각 왕국은 자신들만의 이익을 위해서 다른 사람들의 불행을 좌시해 왔습니다. 대륙은 위태롭습니다. 권력과 야망을 가진 대귀족들은 호시탐탐 황권을 노리고, 왕국들 또한 그들과 마찬가지입니다. 하여 황제 폐하께서는 뜻있는 젊은 귀족들의 의기를 키우셔 제국의 기틀을 마련하셔야 합니다. 이제 간악한 자들을 정벌하기 위하여 폐하께서는 자비로운 마음으로 대군을 일으키셨습니다. 폐하의 인덕 덕분에 싸움에 쓸 무기는 가득하고 곡식도 넉넉합니다. 전마는 배불리 먹어 날쌔고 강합니다. 하여, 저 레그런은 위대한 황제 폐하의 뜻을 받들어 간악한 무리들을 정벌하기 위해 떠나려 합니다. 그들을 물리치는 것이 폐하께 충성하는 길이라 믿어 의심치 않습니다. 바라건대 폐하께서는 신에게 간악한 적들을 치고 제국의 앞날을 밝힐 수 있게 일을 맡겨 주시옵소서."

레그런 공작의 비장한 출사표가 던져졌다.

"허하노라. 레그런 공작은 짐의 뜻에 따라 간악한 자를 정벌하고 대제국으로의 기틀을 마련하기 바란다."

테일즈 1세는 한쪽 손을 들고 경건하게 말했다.

그의 말을 들은 레그런 공작이 한쪽 무릎을 꿇으며 외쳤다.

"신은 폐하께 받은 은혜에 감격하며 이제 먼 길을 떠나겠습니다. 폐하의 병사들이 무사히 가족으로 돌아올 수 있도록 안녕을 기원해 주십시오. 저희 또한 폐하를 위해서, 제국을 위해서 목숨을 바쳐 싸우겠나이다."

—싸우겠나이다!

레그런 공작의 말이 끝남과 동시에 60만 대군이 동시에 무릎을 꿇으며 외쳤다. 그 투기와 울림이 저릿저릿하다.

테일즈 1세는 온몸에서 소름이 돋는 것을 느꼈다. 그는 낭랑한 목소리로 말했다.

"그대들의 신의 군대이니라. 무사히 고향으로 돌아올 것을 명하노니, 죽지 말기를 바란다."

—명심하겠나이다!

레그런 공작이 자리에서 일어나 뒤로 돌았다. 그러고는 60만 대군을 향해서 강하게 외쳤다.

"전군~~~!"

—전~~~군!

"출진!"

—출~~진!

—하압!

일사분란하게, 단 한 치의 오차도 없이 모든 병사들이 뒤를 돌아서 걷기 시작했다.

대군의 출진을 지켜보던 샤를론즈 공작은 희미하게 웃었다.

이제 시작이다.

남자고, 여자고, 신이고, 천사고, 악마고, 몬스터고…….

모조리 내 발밑에 무릎 꿇려 주겠다.

* * *

"이, 이거 놀라운걸?"

곤을 비롯하여 기사들의 입이 떡 하고 벌어졌다. 드워프도 이 정도로 손재주가 좋지는 않을 것이다. 삼안족이 지은 저택은 놀라운 정도로 아름다웠다.

일반적인, 아주 평범한 젊은 삼안족이 사는 집도 귀족들의 저택보다 아름다웠다. 귀족들의 저택보다 규모만 작을 뿐이었다.

지어진 집은 약 300채.

도대체 무슨 마법을 사용했는지 한 달도 되지 않아 모든 저택을 완성한 것이다.

마을 사람들도 곤도, 기사도, 병사들도 영주인 헤즐러도 놀랄 수밖에 없었다.

달의 세계에서 봤던 저택들이다. 최소 2층에서 높게는 5층 높이의 저택도 있었다. 벽돌을 쌓은 흔적도 없었고, 틈새도 보이지 않았다. 전체적으로 곡선형의 저택은 근방에서 볼 수 없는 독특한 아름다움을 지녔다.

"우와, 이것 참. 괜히 도운 것 같네."

병사 홀은 뒷머리를 긁적거렸다.

많은 병사들은 비번이 되면 삼안족을 돕기 위해서 자발적으로 이곳에 왔다. 땅을 다지고, 자갈을 캐냈으며, 깊게 박힌 나무뿌리들을 날랐다.

그들이 목숨 걸고 삼안족 마을에 와서 마당쇠처럼 일한 이유는—

발키리들의 미모 때문이었다.

엘프와 비견이 될 정도로 아름다운 그녀들이었다. 물론 이마에 눈이 달린 것이 조금 이상하기는 하지만. 또한 그녀들의 몸매는 어떠한가. 오랜 수련으로 단련된 그녀들의 몸매는 환상 그 자체였다.

대부분이 미혼인 병사들의 입장에서, 그녀들은 메마른 가뭄 속에 내려준 한줄기 단비와도 같았다.

물론 영지에 젊은 여자들이 없는 것은 아니었다. 전쟁으로 인해서 남녀 비율은 여자 쪽이 훨씬 높았다. 그렇지만 상당수가 일찍 시집을 가서 유부녀라는 것이 문제였다.

이곳뿐만이 아니라 모든 영지는 남아를 더욱 선호했다. 그렇기 때문인지 여자들은 일찍 결혼을 해서 자식을, 그것도 아들을 낳아야 했다.

하여 때를 놓친 남자들은 미혼이 많을 수밖에 없었다. 그들에게 아름다운 발키리들은 병사들에게 구애의 대상이 되었다.

처음에는 머뭇거리던 병사들이 하나둘씩 발키리들에게 말을 붙였고 한 달이 지난 지금, 커플도 몇 탄생했다.

"어머, 오빠, 왔어?"

레아가 홀을 보며 방긋 웃으며 뛰어왔다.

"어이구, 우리 레아, 그렇게 뛰면 넘어져요. 쉬엄쉬엄 와요."

홀은 별로 멀지도 않은 거리지만 뛰어서 그녀를 마중 나갔다.

홀은 팔을 벌렸다.

"오빠아~~~!"

그의 품에 레아가 안겼다. 홀은 레아를 안고 빙글빙글 돌았다.

"우리 오빠, 짱, 힘세!"

"힘 하면 나지, 암!"

미친.

곤은 하마터면 재앙술을 써서 저들을 날려버릴 뻔했다. 오글거리는 것이 저절로 분노를 일으키게 했다. 홀의 친한 친구인 루크와 샘은 갑자기 속에 있는 것을 게워냈다.

그나저나.

곤은 잠시 생각에 잠겼다.

도대체 왜 레아가 홀에게 오빠라고 하는지 모르겠다. 레아의 나이는 200살도 넘었는데.

홀의 증조부도 레아에게는 할머니라고 부를 판인데, 이해를 못하겠다.

"아, 곤 님, 오셨어요."

사랑놀이를 하던 레아가 그제야 곤을 발견한 모양이었다. 그녀는 곤에게 사뿐사뿐 다가와 90도로 인사를 했다.

"족장님은 어디 계시지?"

"지금은 새로 지은 저택에 계실 거예요."

"새로 지은 저택이 어딘데?"

"조기요?"

레아는 마을 중앙에 떡하고 자리를 잡고 있는 5층 건물을 가리켰다. 정말 으리으리하다. 영주도 저런 저택을 가지고 있지 않는데.

곤은 고개를 끄덕이고는 폰 쉐르네일이 기거하고 있는 거대한 저택을 향해서 걸어갔다. 그는 주위를 둘러보았다.

삼안족의 마을은 판타니즘과 무척이나 흡사했다. 다른 점이 있다면 달의 세계에 지어진 삼안족의 마을이 몽환적인 분위기였다면 이곳의 마을은 경건하고 아름답다는 것이다.

물론 그것은 장소가 바뀌었기 때문에 그럴 수도 있었다.

폰 쉐르네일이 기거하고 있는 저택의 문은 활짝 열려 있었다. 곤은 문 앞에서 '계십니까?' 라고 외쳤다. 조선에서부터 해오던 습관이었다.

곤의 목소리를 알아들은 폰 쉐르네일이 급히 계단을 내려왔다.

"음."

달의 세계에서 폰 쉐르네일은 과할 정도로 아름다운 드레스를 입고 있었다.

하지만 지금 그녀가 입고 있는 옷은 농민들이 입는 옷과 크게 다르지 않았다.

그렇다고 해서 그녀의 미모가 감춰지는 것은 아니지만.

"어서 오세요. 곤 님."

폰 쉐르네일은 곤을 향해서 깊게 고개를 숙였다.

"그러지 마시라니까 그러네요. 이러면 제가 부담스럽습니다."

곤은 급히 폰 쉐르네일의 어깨를 잡아서 일으켰다. 그녀뿐만이 아니었다. 워리어의 족장 카펜트를 비롯하여 모든 삼안족들이 곤만 보면 절을 할 것처럼 허리를 숙여 인사를 했다.

그들의 입장에서 곤은 종족의 은인이다. 하지만 곤의 입장에서는 부담스러울 뿐이었다. 그렇기 때문에 몇 번이나 이러시지 말라고 부탁을 했지만 삼안족은 요지부동이었다.

흡사 자신을 삼안족의 신으로 모시는 것은 아닌지 착각이 들 때도 있었다.

"그럴 수는 없습니다. 그런데 무슨 일이신지?"

폰 쉐르네일은 단호하게 말했다.

아무래도 계속해서 부담스럽게 살아야 할 듯싶었다. 길게 한숨을 내쉰 곤은 '자리 좀 바꿔서 얘기를 하죠.' 라고 말했다.

"그러시죠. 이리 들어오세요."

폰 쉐르네일은 2층으로 곤을 안내했다.

2층 응접실에는 카펜트와 마오스가 미리 와서 차를 마시고 있었다. 그들은 곤을 보자 벌떡 일어나 90도로 허리를 숙였다.

천 년을 넘게 산 존재들에게 저런 인사를 받으려니 쥐구멍에 숨고 싶은 곤이었다.

곤 역시 깊게 허리를 숙인 후, 자리에 앉았다.

"잠시만 기다리세요."

폰 쉐르네일은 부엌으로 들어가 따뜻한 물에 삼안족이 마시는 차를 한 잔 가져와 곤 앞에 두었다.

"무슨 할 말이 있으세요?"

폰 쉐르네일은 부드럽게 물었다.

"네, 다름이 아니고 성벽을 쌓는 일에 삼안족이 도움을 주셨으면 합니다."

"성벽이요?"

"네."

곤은 현재 영지가 처한 상황, 얼마 전에 있었던 전쟁, 대륙의 정세들을 간략하게 얘기해 주었다.

그것을 얘기해야만 성벽을 쌓는 이유가 설명을 될 테니까.

"아, 역시 예전이나 지금이나 인간 세상은 크게 변하지 않았네요."

곤의 설명에 폰 쉐르네일과 카펜트, 마오스는 탄식에 가까운 한숨을 내쉬었다. 곤의 도움으로 자신들이 무사히 인간 세상에 정착은 했지만 거기서 일이 끝나는 것은 아니었다.

보금자리를 지키기 위해서 그들 역시 팔을 걷어붙이고 싸움에 나서야만 했다.

"어딜 가나 인간의 욕망은 변하지 않습니다. 크고 작음의 차이뿐이죠."

곤은 아련하게 느껴지는 조선을 떠올렸다. 자신들의 이익을 위해서 나라를 팔아먹은 다섯 명의 도적들.

그 외에도 일본에 붙어먹은 양반들은 엄청나게 많았다. 그들에게 국민의 안위 따위는 중요하지 않았다. 국민이 일본군에게 징용되어 얼마나 많은 희생을 치렀는지도 중요하지 않았다.

그들에게 중요한 것은 자신의 뱃속을 불리는 일이었으니까.

이곳도 크게 다르지 않았다.

자신의 이익을 위해서라면 자식도 팔아치울 놈들이 넘쳐난다.

"그런가요. 휴, 작은 산을 넘었더니 큰 산이 몇 개나 버티고 있네요."

"죄송합니다."

"아니에요. 곤 님이 죄송할 것이 무엇이 있겠습니까. 저희는 이곳이 마음에 듭니다. 귀여운 영주님도 너무 좋고, 사람들도 친절하고요. 저희는 이곳을 고향으로 생각할 겁니다. 그리고 언제까지고 이곳을 지킬 것입니다."

"그렇게 생각해 주셔서 감사합니다."

"좋아요. 저희도 최선을 다해서 도울게요."

"아, 정말로 감사합니다."

곤은 폰 쉐르네일과 카펜트에게 고개를 숙였다. 그러자 그들은 더욱 깊숙하게 고개를 숙였다.

젠장—

며칠 후.

성벽을 쌓을 곳을 시찰한 폰 쉐르네일과 카펜트는 뒤통수를 맞은 것처럼 머리가 띵하고 아파왔다.

"그, 그러니까 여기서부터 저기까지 빙 둘러서 성벽을 쌓는다고요?"

얼마나 놀랐는지 폰 쉐르네일은 말까지 떨었다. 성벽을 쌓을 곳이 얼마나 넓은지 입이 다물어지지가 않았다.

거의 판타니즘과 맞먹는 수준이다.

즉 최소 1만 명이 이곳에 거주를 할 수 있다는 말과도 같았다.

한마디로 작은 마을 수준이 아니라 도시였다.

"그렇게 성벽을 쌓으면 최고의 요새가 될 듯합니다."

어마어마한 대공사를 벌어야 하는 일이지만 곤은 아무렇지도 않게 말했다.

"시, 십 년은 걸릴 것 같은데요? 이렇게 넓고 거대한 성벽이라니."

"추수감사절이 끝났습니다. 하여 영지민들이 놀고먹고 있습니다. 전부 지원해 드리겠습니다."

놀고먹는 꼴을 절대 보지 못하는 곤이었다. 조선은 사계절이 뚜렷한 나라다.

하여 봄, 여름, 가을에 열심히 일하지 않으면 겨울을 제대로 넘기지 못한다.

하지만 아슬란 왕국은 겨울이 없다. 봄과 여름, 가을이 있을 뿐이다. 2모작도 가능하다.

씨만 뿌려놓으면 곡식이 쑥쑥 자라기도 했다. 그래서 그런지 농부들은 수확 철이 아니면 대부분 열심히 일을 하지 않았다.

곤은 그것이 마음에 들지 않았다.

돈을 주는 한이 있더라도 영지민들이 열심히 일을 하는 것을 볼 생각이었다.

"영지민의 숫자가 얼마나 됩니까?"

카펜트가 물었다.

"지금은 대략 5천 명 정도 됩니다. 그중에서 일을 할 수 있는 장정은 2천 명 정도입니다."

새롭게 영입된 영지민이었다. 특히 라덴 왕국에 의해서 쑥대밭이 된 영지의 영지민들이 대부분 헤즐러 자작의 영지로 흘러들어왔다.

그렇게 하여 라덴 왕국군과의 전쟁으로 인해서 잃은 영지민의 숫자를 채울 수가 있었다.

"그럼 전권을 맡기겠습니다. 잘 부탁드립니다."

곤은 그 말을 끝으로 등을 돌리고 걸어갔다.

곤의 뒤통수를 보고 있는 폰 쉐르네일과 카펜트는 어쩐지 속은 기분이 들었다.

당장 달려가서 곤의 뒤통수를 주먹을 휘갈기고 싶은 생각을 너그러운 마음으로 억지로 참아내는 그들이었다.

*　　*　　*

헬리온 후작과 그를 호위하는 섬광 기사단 백 명이 헤즐러 자작 영지에 들어서고 있었다.

그는 헤즐러 자작을 기특하게 여긴다. 비록 곤의 도움이 컸다고 하더라도 소년의 리더십과 기지가 아니었으면 이렇게까지 영지를 키울 수는 없었을 것이다.

그렇다고 소년의 성격이 독하거나 악랄한 것은 아니었다.

사부와는 다르게 성격은 온화하고 자연스럽게 사람들의 신뢰를 이끌어낸다.

소년을 만난 사람들은 자신도 모르게 맹목적으로 따르거나 도움을 주려고 한다.

그것은 헬리온 후작도 가지지 못한 진정한 군주의 힘이었다.

군주로서의 배움도 없었던 소년이다.

그렇다면 그것은 소년의 잠재력이라고 밖에 말을 할 수가 없었다.

만약 소년이 왕실에서 태어났다면 위대한 성군이 됐을 가능성이 매우 높았다.

곤이 소년을 도와준다면 어쩌면 가능할지도…….

"아니야, 내가 무슨 생각을 하는 거야? 그건 역적이라고."

헬리온 후작은 고개를 휘휘 저었다.

"무슨 말씀이십니까?"

헬리온 후작의 갑작스러운 이상한 행동에 브루스 단장이 의아한 듯 물었다.

"아니다. 그냥 잠시 혼자만의 생각을 가졌을 뿐이다."

"아, 혼자만의 생각이요. 네, 가져야죠. 혼자만의 생각."

어쩐지 의미심장한 브루스 단장의 말에 헬리온 후작의 미간이 좁아졌다.

"이상한 생각 하지 말도록."

"그럼요, 그럼요."

아, 너무 오냐오냐 해줬나보다. 언제 날을 잡아서 한번 잡아야겠다.

"그나저나 곤이 돌아왔다면서? 괘씸한 놈, 연락도 없고."

"정신이 없었을 겁니다. 인류사에서 달의 세계에 갔다 온 사람이 몇 명이나 있을까요. 놀라울 뿐입니다."

이미 곤이 달의 세계에 갔다 왔다는 것은 소문이 파다하게 퍼졌다.

헤즐러 자작 영지뿐만 아니라 헬리온 후작의 영지까지도. 두 영주가 워낙 친하다 보니 영지민들도 친했다.

왕래도 빈번하고, 시장도 번갈아 가면서 열렸기 때문에 헤즐러 자작 영지의 소문이 자연스럽게 헬리온 후작의 영지로 흘러들어 갔다.

헬리온 후작은 그제야 곤이 돌아왔다는 것을 알았다. 놀랍게도 삼안족을 모두 데리고. 그 사실을 안 그는 부랴부랴 호위 기사들을 데리고 헤즐러 자작의 영지로 향한 것이다.

"그나저나 정말로 유니콘이란 동물이 있을까요?"

브루스 단장은 믿을 수 없다는 듯이 헬리온 후작에게 물었다.

"사실 나도 확신을 하지는 못하겠다. 하지만 비슷한 그 무엇은 있다고 여겨진다. 그 곤이 도움도 되지 않는 동물을 끌고 왔을 리는 없지 않겠느냐."

"그것도 그러네요."

브루스 단장은 고개를 끄덕였다. 그가 알고 있는 곤은 절대 손해 보는 짓을 하지 않는다. 손해를 본다면 상대방의 목을 뜯어서라도 이득을 취한다. 약간의 손해만 봐도 열 배로 갚아

주는 사내.

그가 알고 있는 모든 사람들을 통틀어 가장 무섭다고 여겨지는 자가 곤이었다.

물론 아군이 되면 그만큼 든든한 자도 없겠지만.

다그닥, 다그닥.

헬리온 후작이 마을을 지나자 그를 알고 있는 영지민이 허리를 숙여 인사를 했다. 헬리온 후작은 얼굴이 낯익은 자들에게는 이름까지 불러가며 잘 지냈냐며 인사를 받아주었다.

다른 영지에서는 볼 수 없는 광경이었다.

다른 영지에서는 영주가 지나가면 무릎을 꿇고 머리를 바닥에 박은 채 덜덜 떨어야만 했다.

실수로 영주와 눈이 마주치기라도 하면 목이 날아갈 수가 있었다.

그만큼 일반 농민에게 영주는 두려운 존재였다. 그렇지 않은 곳은 아슬란 왕국을 통틀어 헤즐러 자작의 영지와 헬리온 후작의 영지뿐이었다.

툭 까놓고 말하면 헬리온 후작은 헤즐러 자작이 영지민들과 어울리는 것을 보고 큰 충격을 받았고, 인간은 평등하다는 것을 깨달은 계기가 되었다.

그 이후로 헬리온 후작은 결코 영지민에게 함부로 대하지 않았다.

마을을 지나자 초원이 나왔다. 넓은 초원은 헤즐러 자작가의 기사들이 키우는 말들이 자유롭게 뛰어놀 수 있는 곳이었다.

"이야, 전마가 꽤 많이 늘었네."

브루스 단장은 이마에 손을 대고 시원하게 달리고 있는 말들을 보았다.

몇 달 전에 왔을 때는 전마들이 수백 마리에 지나지 않았다.

그런데 지금은 그때보다 몇 배나 많이 늘어난 것처럼 보였다.

"그런데… 말이 원래 저렇게 빠르던가요?"

한 호위기사가 달리고 있는 말들을 가리키며 말했다.

"달리고 있는 말들은 엄청 빠르지. 당연한 것을 묻고 그러나."

브루스 단장은 그에게 핀잔을 주었다.

그리고—

수십 마리의 전마가 그들의 앞을 번개처럼 지나쳤다. 얼마나 빠른지 바람이 그들의 뒤로 물러나게 했다.

"뭐, 뭐야?"

브루스 단장이 놀라서 외쳤다. 그리고 헬리온 후작을 보며 물었다.

“워, 원래 말이 저렇게 빠른 겁니까?”

“실없는 소리 하지 마라.”

“네?”

“방금 지나친 말들… 보지 못했나?”

“뭘요?”

“말들 이마에 달린 뿔.”

“뿔이요?”

브루스 단장과 기사들은 그제야 전마의 이마에 달린 뿔을 발견했다. 그러고 보니 모든 말들의 색이 눈처럼 하얗다.

“유, 유니콘이다.”

“저, 정말이네. 정말로 유니콘이 있었어. 환상속의 동물이라고 하던 유니콘이…….”

헬리온 후작도, 브루스 단장도, 섬광 호위기사단도 모두가 멈춰서 도저히 두 눈으로 보고도 믿기지 않는 속도로 떼를 지어서 달리고 있는 유니콘들을 보았다. 아무리 못해도 기사들이 타고 다니는 전마보다 족히 두 배는 빠르다. 덩치도 크다. 이마의 뿔은 무척이나 위압적이었다.

전마들은 기가 죽어서 아예 유니콘들 근처에 오지도 못했다.

그런 유니콘들이 아무리 봐도 천 마리가 넘었다.

완전히 살판이 난 듯한 유니콘들이었다.

히이이이잉.

달리던 유니콘 한 마리가 헬리온 후작의 앞에 섰다. 울타리가 있어서 넘어오지는 않지만, 놈들이 마음만 먹으면 울타리쯤은 금방 넘어올 것처럼 보였다.

헬리온 후작 앞에 선 유니콘은 앞발을 울타리에 걸쳤다.

그러고는 전마들을 쭉 훑어봤다. 전마들은 딴청을 피우며 유니콘을 바라보지 못했다.

핏.

유니콘의 코에서 콧바람이 흘러나왔다.

"저, 저거. 지금 우릴 비웃은 것 맞지?"

아무리 봐도 그렇게밖에 보이지 않았다. 누가 봐도 비웃는 것을 봤을 것이다.

"어이, 너도 좀 저 자식을 봐봐. 같이 비웃어주란 말이야."

브루스 단장이 타고 있던 전마의 배를 찼다. 그의 전마는 브루스 단장과 십 년 째 호흡을 맞춘 가족과 같은 말이었다.

전쟁터에서도 용감무쌍하게 전진하며 후퇴란 모르는 그런 전마!

그런 말이 유니콘이 꼬나보자 슬그머니 눈을 피하고 바닥에 아무것도 없는데도 앞발을 툭툭 찬다.

기가 차고 어이가 없었다.

푸르르르르. 픽.

앞발과 턱을 울타리에 올리고 있던 유니콘은 더 이상 흥미가 없다는 듯이 다시 한 번 비웃고는 동료들에게로 다가갔다.

"야! 야! 거기서! 인마! 거기 안서!"

흥분한 브루스 단장이 유니콘을 불렀다. 천천히 동료들에게 가던 유니콘은 부루스 단장을 슬쩍 쳐다봤다. 그러고는 똥을 바닥에 푸짐하게 싼다. 다시 앞을 향해서 유유히 걸어갔다.

"저, 저, 저, 변종 말 새끼가!"

브루스 단장은 양 주먹을 꽉 쥐고 부들부들 떨었다.

헬리온 후작과 섬광 호위기사단은 배꼽을 잡고 웃다가 말에서 떨어질 뻔했다.

같은 시각.

해상 왕국 킹 셀리온의 궁전.

"도, 도대체 제국은 정말로 대륙일통을 하려는 것이냐? 그게 가능하리라 보느냐!"

킹 셀리온은 부들부들 떨면서 눈앞의 마녀를 보았다. 겨우 보름이었다.

제국이 국경을 넘은지 겨우 보름. 비록 해상 왕국과 제국의 국경이 맞닿아 있다고 하나, 해상 왕국의 국력도 만만치 않았다. 최대 병력 40만. 기사단의 숫자도 100개가 넘어간다.

해상 왕국을 치기 위해서는 제국도 막대한 피해를 감수해야 했다.

그런데…….

제국은 보름도 되지 않아 해상 왕국을 무너트렸다. 무너진 성만 42개. 제후들은 하나도 살아남지 못했다. 제국군이 얼마나 치밀하게 준비를 했는지 알 수 있는 대목이었다.

저벅저벅.

스르렁.

제국의 황제 테일즈 1세의 절대적인 신임을 받고 있는 장녀 샤를론즈 공작이 검을 빼들었다. 그녀는 킹 셀리온에게 다가갔다.

"제발, 제발 살려다오. 우리는 제국에게 잇몸과 같은 존재가 아닌가. 제발… 우리는 제국……."

킹 셀리온은 끝까지 말을 잇지 못했다.

샤를론즈가 검으로 킹 셀리온의 목을 날려버렸기 때문이었다.

왕의 목이 데굴데굴 굴러서 단상 밑으로 떨어졌다. 아직 궁전에 남아 있는 수많은 귀족들이 겁에 질려 아무런 말도 하지 못했다.

왕이 비참하게 죽었음에도.

검에 묻은 피를 킹 셀리온의 옷에 닦아낸 샤를론즈가 기괴한 갑옷을 입고 있는 수하들에게 명령했다.

"모두 죽여!"

그 순간 대학살이 시작되었다. 궁전 안에 남아 있던 수많은 사람들이 제국군에 의해서 참살이 되었다. 시체는 쌓이고 또 쌓였다.

시체는 산이 되어 갔고 냇물과 우물은 피로 물들었다. 거기서 끝나지 않았다. 제국군은 모든 물에 독을 풀어 혹시라도 있을 생존자의 목숨까지도 끝장을 내려고 했다.

그들의 잔혹한 모습을 보며 샤를론즈는 광소를 터트렸다.

"오호호호호! 이제 시작이다! 대륙을 내 발밑에 바짝 엎드리게 해주겠다. 인간들아 명심하라! 내가 세상에 강림한다. 공포와 절규로 가득 차게 하겠다!"

『마도신화전기』 11권에 계속…